今日もひとり、ディズニーランドで

ワクサカソウヘイ

幻冬舎文庫

逆境の中で咲く花は、どの花よりも気高く美しい。

――ウォルト・ディズニー

The flower that blooms in adversity
is the rarest and most beautiful of all.

Walt Disney

プロローグ

二三歳だった。

頭が痛い。一四時間も寝たからだ。
目が赤い。ケータイゲームばかりしているからだ。
気が重い。親とリビングで顔を合わせたくないからだ。
活気がない。働いてないからだ。
恋人がいない。自分に魅力が一ミリたりともないからだ。
友だちとも久しく会っていない。なにを喋《しゃべ》っていいかわからないからだ。
若さだけがある。覇気はない。希望もない。

大挙して押し寄せてくる日々を、無気力と、無秩序と、無意味とで塗り固める。
人生の狭間に突如現れる、ソフトに空虚で、マイルドに苦痛を伴う時間。
人はそれをこう呼ぶ。

僕は二三歳を「暗黒時代」とともに生きた。
「暗黒時代」と。
その常闇《とこやみ》の奈落に落ちた者には、いつか選択が迫られる。
「その布団から立ち上がるのか」。それとも「その布団にずっと寝ているのか」
僕は、長いこと、その布団の中にいた。
そしてやっと立ち上がる道を選んだ。
しかし、立ち上がり、足を向けた先が、少々どうかしていた。
これは、僕が毎日のようにひとりで舞浜《まいはま》駅へ通っていた頃の物語である。
さあ、いざゆかん。
東京と千葉の境にある、「夢」と「魔法」の谷に、暗黒を葬り去る旅へ。

今日もひとり、ディズニーランドで

今日もひとり、ディズニーランドで　目次

春

ＪＲ舞浜駅に降りると、雨がふっていた。

駅構内から流れる軽快なＢＧＭと対照的な、重い鈍色《にびいろ》の雲が頭上に広がっている。

その雲に、赤い風船が吸い込まれていくのが、遠くに見えた。


舞浜駅は、特殊な駅である。

駅前だというのに、居酒屋がない。それだけではなく、松屋も富士そばも「死後さばきにあう」の看板を持った人も、それから週刊誌をゴザの上に並べて売る無職風味のおじさんたちでさえも、見当たらない。

では、舞浜駅前にはなにがあるのか。

モノレールがある。

噴水がある。

プリン・ア・ラ・モードを強引に建築化したかのような、豪華絢爛《けんらん》のホテルがある。

「ここは本当に、日本なのか」

その疑問は、正しい。

かつてこの日本に「舞浜」などという地名は存在しなかった。ここ、日本国千葉県の西の果て、浦安《うらやす》市に舞浜はある日突然、現れた。

舞浜の名は、アメリカの地名である「マイアミ」を由来としている。

マイアミ。

行ったことはないが、青い空、白いビーチ、コロナビール、夜になればフルムーンパーティー、朝になれば鏡に「Bye Bye」と真っ赤なルージュで書かれた伝言、みたいなイケイケな場所であろう、マイアミ。

なぜ、そんなアッパーなマイアミの名が、かつてフナムシだらけの埋立地帯であったこの地に、無理やり流用されたのであろうか？

一九八三年四月。とある王国が浦安市に建国された。

それは「夢と魔法の王国」。

その王国は、空白の埋立地へ、アメリカからわざわざ来てくれた。ならばやはり「アメリカっぽい」地名でもって受け入れるのが妥当であろう。

マイアミ……。マイハマ……。舞浜……。

よし、舞浜だ。

こうしてゼロから半ば強引に、この地名は誕生した。

いわば、虚構の上に成り立った地。それが舞浜なのだ。

と、駅前の円柱にもたれながらブツブツとひとりごとを言い始めて、かれこれ一〇分が経った。

「いわば、虚構の上に成り立った地。それが舞浜なのだ……」

誰に向けたわけでもない小声の演説を展開する僕。それには一瞥《いちべつ》もくれず、女子高生のグループがミニスカートを揺らして通りすぎていく。

僕は改札を出たところで雨宿りをしている。駅前は人でにぎわっている。

誰もが、改札前の人の波の中で、待ち合わせの相手と合流していく。恋人、家族、友だち。

そしてみんな、誰かと一緒に傘の中、笑顔を浮かべながら、駅を出た先の「夢と魔法の王国」へと吸い込まれていく。

僕も傘を持ってくればよかった。

まあ、いい。ひとりごとで時間を潰している間に、雨もだいぶ弱まったようだ。そろそろ僕も、王国へと誘われよう。春のけだるい風が背中を押す。

僕は今日もひとりで、この王国へと足を運んでいた。

※

ひまだった。二三歳だった。

ベッドの横の窓ガラスに息を吹きかけ、曇ったそこに「ひま」と指でなぞり、「なんてコーナーカーブの多い文字だろう」という二〇円のような感想を漏らすほどに、ひまだった。

夜間学校を卒業したのはいいものの、「将来？　なんとかなるでしょ」という楽観丸出しの怠け心でもって就職活動というものを一切せず、何者でもないままに迎えた、春。夜間学校生時代にアルバイトで貯めた中途半端なお金と、実家暮らしという現状とに思いきり甘えることで、なにもしなくてもそこそこに生きていけるというダメなテイスト満載の生活を、僕は手に入れていた。

「すぐに出てくる夕食、ガス代がまったく気にならない追い焚き、本棚に並ぶ『こち亀』全巻。人類の追い求める夢のすべてが実家にある……」などと布団の上で唱え、うっとりする日々。

しかし、この優雅に思える実家暮らしにも天敵が存在する。親だ。

「お前、将来はどうするつもりだ？」

春も湿った季節へと変わろうとした頃、自堕落な生活を送る息子を見かねた父が、実にスタンダードな質問をぶつけてきた。

夕餉の食卓。目の前には山菜をおひたしにしたものや、ちくわを煮たものが並ぶ。

「ああ、なんて食欲を掻き立てない、実家クオリティの献立なのだろう。茶色につぐ茶色ではないか。これらのおかずはすべて無視して、卵かけご飯でも食べよう」という思考に全神経を集中させていた僕は、父の突然のボイスにすぐには反応できなかった。

だらしない間があったのち、「あ、自分に聞いているのか」とようやく理解する。

父の表情は真剣だ。父の顔をまっすぐ眺めるのは、久々だった。そういえば、このところ父とまともな会話を交わした記憶もない。食卓に緊張が走り、僕は必死に答えを探す。

「……将来は……木を切る仕事をしたい」

右脳だけで答えてしまった。木を切る仕事をしたいだなんて、ただの一度も思ったことはない。たまたま昨日ぼんやりと観ていたNHKのドキュメンタリー番組が『失われゆく熱帯雨林』だったため、脳裏に「木を切る」というキーワードが走り、それがなんとなくアウトプットされてしまった結果の答えである。

「木を切る……。つまり、きこりか？」

「きこり」という言葉を生まれて初めて生《なま》のサウンドで聴いた。しかも、父の口から。

いやだ。きこりになんて、なりたくない。木なんて切りたくない。住む場所を奪われた森の小動物たちが泣くところなんて見たくない。ターザンに「コノキ、モリノマモリガミダッタ。ソノマモリガミ、オマエ、キッタ。オレ、オマエ、コロス」とか言われたくない。

「そう、きこり。将来、オレ、きこり、なる」

イメージがよぎったばかりに口調までターザン風になりながら、僕は思ってもないことを父に告げる。まあ、なんでもいい。「将来に対する展望がある」ということを父に見せつければ、この重苦しい会話はすぐに終わる。

「そうか、きこりか……」

父は釈然としない様子を見せたまま、質問の角度を変えてくる。

「お前、誰か尊敬している人とかいるのか？」

父も混乱しているのだろう。そりゃそうだ。実の息子が突然「きこりになる」宣言。これで混乱しない父親などいない。

なぜ私の息子はきこりになりたいのか？　もしかしたら、息子には尊敬しているきこりがいるのでは？　息子はそのきこりに憧れているのではないか？　息子が尊敬しているのは、どのきこりだ？

そう、父は理由がほしいのだ。

「尊敬している人……？　そうだな、スーパーマリオかな。理由は、高く跳べるから」

この答えを受けたときの、父の啞然とした顔を、僕は生涯忘れることはないだろう。あんぐりと口を開けたこのときの父の顔が徐々に変化して「啞」という文字が象形されたのではないかというほどに、それは見事なまでの啞然とした顔であった。

会話が、成立しない。

次の言葉を探しあぐねた父は、黙って箸を置き、風呂を浴びに行った。そして湯船の中で逡巡を重ねたのであろう。食卓で卵かけご飯を楽しんでいた僕に向かって風呂上がりの父は、「とにかく、なにか行動しろ。必死でひまを潰せ。じゃないとそのうち、ひまに潰されるぞ」とだけ言い残し、寝室へと消えて行った。

父の忠告は正しかった。

夜間学校で培《つちか》った独特の生活リズムを引きずり、昼夜逆転をベースとしながらただ酸素を吸って二酸化炭素を吐くだけのこの日々は、続けていくうち、次第と暗黒面を見せ始めた。人間は、そう長くひまと共存できるほどタフではない。ひまという化け物は、実に恐ろしい。やることがないので、とにかく寝続ける。すると、一日の中で楽しみが「夢を見る」ことしかなくなる。「うわあ、さっき、夢の中でとっても美味しいクッキーを食べちゃったなあ」などという、それセサミストリートの住民くらいしか言わねえよ、みたいなセリフを布団の中で平気で吐くようになる。

そして寝続けることにも限界が来る。寝すぎが災いして、頭痛が襲ってくるのだ。こんなにも他人から心配も尊敬もされない頭痛があるだろうか。

窓の外は闇で、いまが夜の始まりなのか終わりなのかも判断つかない。次に眠くなるまでの間、いったいなにをしようか。

まず枕に顔をうずめて「ぬがー」とか「あばー」などと呻《うめ》いてみる。それから、家族を起こさないようにリビングへと移動し、おもむろに水槽の中の金魚にハナクソを与えてみる。棚から小麦粉を取り出して、勘だけでナンを作ってみる。耳鼻科の診察カードで歯ぐきを無意味に刺激してみたりする。「さっき作ったままで放ってある自作のナン、あれを起床した母に発見されたら怒られる！」と急に怖くなり、クイックで二階の自分の部屋の窓から投げ捨てて完全犯罪を図る。ナンは思っている以上に、よく飛ぶ。

時計を見ると、まだ深夜の半ば。周りは、シンとしている。日の出まで、気が遠くなるほどの時間が横たわっている。

他人の声が、急に、懐かしくなってくる。久しく、友人の声を聞いていない。

そのうちに、ひとりごとが多くなってくる。

「おい、鬼太郎」

気まぐれに「目玉の親父のモノマネ」を始める。

「おい、鬼太郎」

人前で最も披露してはいけないもの、それが「目玉の親父のモノマネ」だ。そして、それを僕はいま、深夜にひとりでやっている。ああ。

「おい、鬼太郎」

「おい、鬼太郎」

「おい、鬼太郎」

裏声で、何度も鬼太郎に呼びかける。鬼太郎からの返事などないことくらい、わかっている。世界で最も情けない時間を過ごしていることもわかっている。でもいまは、「目玉の親父のモノマネ」でもしていなければ、「ひま」に食い殺されてしまいそうなんだ。

「おい、鬼太郎」

「なんですか、父さん」

突然、目の前に鬼太郎が現れた。わけでは、もちろんない。「おい、鬼太郎」一〇〇〇本ノックのあまりの虚しさに耐え切れず、自分の呼びかけに自分で返答したのだ。

「おい、鬼太郎」

「だから、なんですか、父さん」

「ほら、あそこを見て。ぬらりひょんがいるぞ」

「あ、本当だ。ぬらりひょんですね、父さん」

落語だ。落語が始まろうとしている。しかも、「妖怪落語」という新しいジャンルが切り開かれようとしている。深夜三時に。誰も見ていないこの部屋で。

そうした夜が、毎晩続く。これでは狂わないほうがおかしい。誰もいない部屋で落語の独演会が始まってしまっては、人間おしまいだ。叫びたい衝動を抑え、僕は布団の中で声をあげずに泣く。

僕はひまに完全に押し潰されてしまった。

「なにか行動しろ」

父の忠告が耳に残る。

行動といっても、なにをしたらいいのか、皆目見当がつかない。なにはともあれ、働く気だけは起きない。生半可な貯金が僕の労働意欲の足を引っぱっていた。

僕はおもむろにパソコンを起ち上げた。しばらくして現れる、おなじみのオレンジ色のページ。大手ＳＮＳのサイトだ。

そこには、「友だち申請」をしたりされたりして、このＳＮＳ内でつながるようになった「友だち」たちが、今日も日記を投稿していた。

このSNSのサイトが、僕と外界とをつなぐ唯一の手段であった。誰かと直接会わなくても、このページにアクセスさえすれば、まるで大勢と会ったような錯覚に陥ることができる。それぞれの孤独が、ゆるやかに手をつないでいるその世界を、ぼんやりと眺める。

するると、一件のアイコンと目が合った。数少ない女の子の「友だち」にして、僕が高校生の頃にちょっと好きだった子。卒業してからは、会ってない。たまにこうして、SNSで見かけるだけ。彼女の最新の日記をおもむろに開く。

タイトル、「バイト始めました」。

その子は「最近日記の更新を怠っていたこと」を丁寧に詫《わ》びたのち、「実は新しいバイトを始めた旨」を絵文字満載で日記にしたためていた。

彼女はそのバイトで「新しい自分を発見」することができ、「仕事仲間に感謝する毎日」を送っているのだという。その気になるバイト先は、舞浜に鎮座する、かの王国であった。

「これだ」と思った。


気がついたら、僕は舞浜駅にひとりで立っていた。

この「ひまの悪魔」に対峙《たいじ》できるのは、かの王国しかないと、僕は踏んだ。

悪夢のような生活の中で、徐々に遠くへと霞んでいく夢とか希望とかが、ここに来れば取り戻せる気がした。ＳＮＳの中で、あの子がヒントをくれた気がした。

そう。僕は、家を飛び出し、王国で遊ぶ日々を営むことにしたのだ。

そこそこにある貯金がいまのこの倦《う》んだ日々を生産しているのだとすれば、この貯金を夢と魔法に使い果たしてしまおう。僕の中に住む憂鬱な気持ちをこの王国が駆逐《くちく》するのが先か、それとも僕の貯金が底をつくのが先か。生死をかけた戦いを、僕は勝手にこの王国にゆだねた。

「おい、鬼太郎」

「しつこいな。なんですか、父さん」

「その王国で、働く気はないのかな」

「ええ、あくまで、ひとりで遊ぶだけらしいです」

「どうかしてるな」

「ええ、どうかしてますよ」

そう。つくづく、どうかしていた。

※

「期待に沿えなくて、ごめんなさい」

基本的に、そういうスタンスで生きている。

ビンゴ大会で、当てたほうも当てられたほうも大して盛り上がらない「入浴剤」なんかを当ててしまって、幹事さん、ごめんなさい。

「おすすめはデミグラスハンバーグセットです」と勧めてくれたのに、ドリンクバーしか注文しなくて、店員さん、ごめんなさい。

もしかしたら会話を楽しみたいのかもしれないけど、人見知りゆえさっきから雑誌にばかり目を落としていて、美容師さん、ごめんなさい。

そもそも皆さん、僕になんてハナから期待していないのだろうけど、勝手に期待を感じ取ってしまって、ごめんなさい。

心の中の営業部長が、常に手を前に組んで「申し訳ございません」と頭を深々下げている状態。相手のクレームを勝手に感じ取り、声に出さず、無駄に謝罪する。「ひとりカスタマーセンター」として、日々を生きている。

そんな僕の「期待に沿えなくて、ごめんなさい」感が最も高まる瞬間。それは警察官から職務質問を受けるときである。

夜間学校に通っていた頃、僕は幾度となく路上で警察官から職務質問を受けた。頬にカビのようなヒゲが生えていて、パーカーに乾いたご飯粒がいくつも付着していて、後頭部の寝癖がひどいせいで横顔が「病」って漢字にそっくり。そんな僕のような佇《たたず》まいの人間は、警察官からすぐに不審者扱いされてしまうのだ。

　呼び止められるのはべつにかまわないのだが、困るのは「ポケットの中を見せて」と言われたときだ。

　きっと警察の皆さんは、僕のポケットから「これを吸うだけで音が立体的に聞こえるし、なにを食べても美味しく感じるし、八〇時間起きていても全然眠くならない不思議な粉」が出てくることを期待していることだろう。でも、「真面目な中流家庭生まれ公立校育ち、書道教室に通っていそうなやつはだいたい友だち」の僕のポケットからは、残念ながらそのようなイリーガルなものはビタ一文出てこない。

　警察官の期待に沿うことができない。そのとき、不思議と申し訳ない気持ちになっている自分がいる。複雑な、面目ない思いにとらわれている自分がいる。できれば、味わいたくない種類の心地だ。

　だから、他の人よりも僕はずいぶん警察官の影に敏感である。犯罪者でもないのに。

　舞浜駅から、ひとりで歩いて王国の玄関へと向かう。

　僕は妙な緊張感をおぼえていた。夜間学校を卒業して以来、久々の外界。僕の胸中には

「職務質問されたらどうしよう」という不安がチラついていたのだ。今日は、自分にとって晴れ晴れしい「ひとり王国デビュー」の日。つまり、自分を変えるための再出発の日。出鼻を、職務質問によってくじかれ萎《しお》れた気分になりたくはなかった。

周りを見渡してみても、ひとりで歩いている男など、僕しかいない。こんなにも職務質問にぴったりな状況が他にあるだろうか。誰もが麗《うら》らかな足取りの中、夜光虫のような男が一匹、強い光に導かれるように怪しげに王国へとそろりそろり歩を進めているのだ。まさに「いま、最も職務質問したい男、ナンバーワン」である。胸がむやみに騒ぐ。神経が過敏になっている。

しかし、歩いているうちにそういった不安や緊張が、少しずつ薄れていくのを感じた。

駅から王国の玄関へとつながるこのプロムナードには、細かな演出がなされている。耳にうるさくない程度の幻想曲がＢＧＭとして流れ、人々は非日常の世界へと徐々にトリップしていく。道の脇には王国のキャラクターたちのブロンズ像が立ち並び、それが来園者たちの高揚感を煽る。ああ、自分はなにを過敏になっていたのだろう。ここは夢と魔法にあふれている。こんな非現実の景色の中で、職務質問などという現実的なイベント、発生するわけがない。心がやっと、軽やかになっていく。

そうだ、外の世界はお前が思っているよりも柔和なんだ、カラフルなんだ。見てみろ、職務質問に怯《おび》えて歩いているやつなんて、誰もいない。夜に埋もれている時間が長かったから、お前は必要以上に日光の下で狼狽《うろた》えているんだ。大丈夫だ、堂々としていろ。そう自分を鼓舞し、背中を真っ直ぐにして前へと進む。

が、そこで。プロムナードの脇に交番を発見してしまう。うっ。身体がつい反応する。やはり「夢と魔法の王国」とはいえ、警察官は目を光らせているのか……。職務質問の気配を過剰に察知し、悲しき習性ながら身構える。交番の様子に目を注ぐ。

だが、おや、なんだろう。そこで僕はある違和感に気づく。

この交番、普通の街で見かけるそれとは、著しくかけ離れた外観をしているではないか。なんというか、異常に「優しい」のである。

「タンポポの匂いに気づいて、やっと起きてきたねぼすけモグラ」のような可愛らしいフォルムの交番。その丸みを大切にしたデザインから、誰も傷つけない姿勢がうかがえる。

そして屋根の色は、淡い緑色。黒板の例からもわかるように、緑は最も人間の目に優しい色である。

そして屋根の上には風見鶏。「お腹を空かせた旅人が、行先を見失わないように」という慈愛に満ちた配慮だ。

さらになんと屋根の下には、イルカの絵までも掲げられている。言わずもがな、イルカは研究者の間でも癒しの効果が期待されている動物である。

優しい。優しすぎる。こんなにも優しい交番が、いまだかつてあっただろうか。

これも王国の力であろう。国家権力すらも、妖精が杖をひと振りすれば、あっという間に「優しい交番」へ早変わり。王国の魔法は、すでにこのプロムナードから始まっているのである。

こんなにも優しい交番に勤務する警察官たちには、「クマのドンスケが春の山菜を全部食べちゃった！　事件」や「もの知りフクロウさん、最近なんだか元気がない事件」などといった可愛らしい事件の解決が似合う。職務質問なんていう乾いた行為そのものの存在を、この警察官たちはきっと、知らない。

あまりに優しげな交番の佇まいから、勝手にそう結論づける。すると緊張は解け、安堵感が押し寄せる。

さあ、進もう。躊躇《ちゅうちょ》せずに、怯えずに。ここにはなにも、僕を止める者などいない。

「なに？　ドングリ森のリスさん一家のドーナッツが何者かに盗まれた⁉　うーむ、きっと、またクマのドンスケのしわざだな」

「おい、キャンディー刑事。こないだの病気の子どもが誘拐された事件はどうなった？

……え？　狂言誘拐だったのか？　ということは……よかった、病気の子どもは、いなかったんだ……」

交番を横目に、好感度ばつぐんの会話を繰り広げる警察官たちを想像する。微笑みをひとつ浮かべて、王国へと足を速める。


その矢先である。

「はい、ちょっとごめんなさいね。所持物を確かめさせてもらって、いいかな」

プロムナード上で、僕は警察官に呼び止められた。

僕は耳を疑った。なんでだ。クマのドンスケを探すので忙しいんじゃないのか、あなたたち。

僕は渋々ながら、持ち物検査に応じる。警察官の「この男、絶対ヤバいのを隠し持ってやがる」という期待を勝手に感じ取る。

ポケットの中身を警察官の目の前に差し出す。

財布。

携帯電話。

そして、スルメ。

「なんだ、これは」と警察官が困惑を顔に浮かべるのがわかる。「イカの足を干したものです」と説明するのも野暮なので、僕は黙っている。

ダメな人間のポケットには、たいていダメなものが入っている。

変な間があったのち、「これは、スルメ、ですね……」とだけ、警察官はつぶやく。そして僕の目をじっと見てくる。その瞳は「こいつ、これからザリガニを釣りにでも行くのか……?」と言いたげな憐れみに満ちあふれている。

つとめて乾いた口調で、警察官はもう片方のポケットの中身も出すように指示してくる。

桜の葉っぱ。さっき、ただなんとなく、本当にただなんとなく、拾った桜の葉っぱ。

もう一度だけ言う。ダメな人間のポケットには、たいていダメなものが入っている。

桜の葉っぱを突き出された警察官は、露骨に戸惑った表情でもって「これは、葉っぱですね……」と確認してくる。「はい、桜の葉っぱです」と僕は答える。ぬるい空気が流れる。

警察官は、なにを思っているのだろうか。

「こいつ、葉っぱを大事に持っているだなんて……まさかキツネにでも騙されたのか?」

そう疑っているのかもしれない。

「道を歩いていたら、美人な女に突然誘われ、酒を飲み、まんじゅうを食べ、お金ももらい、しかしその美人はキツネで、お金は枯葉でした、みたいなことなのか? しかも、酒は馬のションベンで、まんじゅうは馬の糞、みたいなことなのか? その直後に本官に不審者視されて、いまこうして職務質問を受けているのか？　だとしたらこの男……不憫すぎる！」

そう同情しているのかもしれない。

「あと、財布の中にヘビの抜け殻も入っていますが……」という僕の言葉を遮り、「あ、もう大丈夫です」と警官は立ち去った。僕と、ポケットの中の「乾き物オールスターズ」だけが、その場に取り残される。

僕は交番へと戻る警察官の背中に向かって「期待に沿えなくて、ごめんなさい」と小声で謝罪した。

そして僕は、ガタ落ちしたテンションを携えたまま、チケットブースで入園券を購入した。葉っぱじゃなくて、ちゃんと現金で支払った。

現実ってやつは、本当に手強い。早く夢に溶けたい。

※

他人の視線が、痛い。

ひとりで入国してみて初めてわかったこと。この王国をソロで歩くと、そうとうに浮く。

「運動会の入場行進で周りが体育着を着ている中、ひとりだけパーカーを着て松葉杖をつきながら参加してるやつ」くらいに浮く。

その日、王国の中は、家族連れであふれかえっていた。

「パパ、あの男の人、まさかひとりで……？」

「しっ。見なかったことにしなさい。パパにはなにも見えない」

と、見知らぬ親子が僕を指してアイコンタクトで会話しているのがわかる。すっかり地縛霊扱いだ。

なんというか、「いないことにされている」みたいな空気感。ここしばらく他人とのコミュニケーションを絶った生活を送っていた僕は、すでに自意識が妙な感じで肥大化していた。だから、この空気はかなりこたえた。

浮いてはならない。早く王国の空気に馴染まなくては。さて、どうしたものか。

てっとり早い手段としては、この王国のいたるところで販売されているネズミの耳を模した帽子、それを入手し、すみやかにかぶることだろう。しかし、無職の男がひとりでネズミの格好をするのも、いかがなものだろうか。

「おい、見ろ。ドブネズミが、ネズミのコスプレをしているぞ」

「本当だ。ハゲているのに、ハゲヅラをかぶっているようなものだ」

そんな声が聞こえてくる気がした。

ダメだ、ネズミの帽子はダメだ。

では、風船か？　色とりどりの風船もまた、この王国ではスタンダードアイテムとして販売されている。しかしあいにく今日の僕の服装は、灰色の味気ないトレーナーに、暗い色のズボン。「四捨五入するとパジャマ」みたいなファッションだ。そんなパジャマ男が風船を持ってみろ。「どうしてもサーカスを観たくて病院から抜け出してきたかわいそうな子」にしか見られない。ダメだ、風船もダメだ。

そんな僕にぴったりのアイテムがあった。

チュロスだ。

雑に説明すると、揚げパンをスティック状にしたようなお菓子。このチュロスは、王国で販売されているスイーツの中でも、絶大な人気を誇る。そうだ、これを買おう。しかも三本。チュロスを複数購入し、それを手に持つことで、あたかも「本当は友人たちと遊びにきたんだけど、はぐれちゃったんです」的な雰囲気を装うことができる。なんて素晴らしいアイテムなんだ、チュロス。

さっそく、チュロスを販売しているスタンドに並ぶ。並んでいる人たちは、皆笑顔。ところがその中で僕は突然、「砂糖をまぶした油菓子に群がるなんて、自分は蟻《あり》か……」という思念が浮かび、ソフトに鬱が入ってしまった。ひとりでいると、色んなことが無駄に客観視できてしまう。こんなことではいけない、もっとこの世界に没入し、楽しまなくては。

「いくつになさいますか？」と店員さんが尋ねてくる。僕は「友だちの分も買うんですよ」という感じを周りにアピールするために、「えーと、僕の分と、あとメガネとデッパも食べたいだろうから、三つください」などと嘯《うそぶ》いて、チュロスを購入した。

三本のチュロスを持ち、王国内をうろうろする。これで僕は誰がどう見ても「友だちと三人で遊びにきて、いまはちょっとはぐれてしまっている青年」だ。ただし見方によっては「ただの食いしん坊」に取られてしまう可能性もあるが。とにかく、チュロスを手に入れた僕は幾ばくかの余裕を手に入れ、ベンチに腰を下ろした。

春の、のどかな青空が広がっている。海が近いためか、潮まじりの風が吹いている。王国を行き交う人々は、みんな誰かと腕を組んだり、手をつないだりしている。僕だけが、誰とシェアするわけでもない油菓子を手に、ひとりで座っている。

急に、寂寥《せきりょう》の念が胸にこみ上げてきた。いったい、自分はこんなところでなにをやっているのだろう。いったい、自分はここになにを求めてやってきたのだろう。

そのとき、自分の足元でなにかの影が動いたのがわかった。鴨《かも》だった。

この王国には、鴨がたくさんいる。池や噴水などの水辺が多いせいもあるのだろう。鴨は、じっと僕の手に握られているチュロスを見つめてきた。ガラス越しにトランペットを眺める貧しい少年のような目をしていた。

その鴨のいたいけな瞳に負け、チュロスをちぎり、鴨の前へと投げる。鴨は「があがあ」と鳴きながら、チュロスをついばむ。またひとつちぎり、放る。すると鴨の仲間たちが集まってきて、気づけば僕の周りは鴨だらけになった。

僕は不思議な安らぎをおぼえた。ひとりで来た僕を、鴨が、いやこの王国が迎え入れてくれた気がした。

「ありがとう、鴨……」そんな感謝の気持ちが、見ず知らずの鳥類に対して湧き起こっていた。「僕たちは、仲間だよ……」

張っていた神経が解けたのだろう。僕は少しだけ、そのベンチでうたた寝をしてしまった。心地のよい春の陽気に包まれる。

はっと目が覚める。鴨はまだ足元でチュロスの残骸をつついていた。

短い睡眠により脳に鮮明さを取り戻した僕は、さっきまで鴨に感謝していた自分に引いた。そして鴨たちを見つめ、「油菓子ばかり食べている彼らは、ずいぶんサーロがインしていることだろう」などと思った。

お腹が鳴るのがわかった。

さっきまで仲間と呼んでいた鴨を見て、食欲を掻き立てられている自分の雑なメンタルに、また引いた。

※

アドベンチャーランドはその名の通り、「冒険」をテーマにしたエリアだ。

王国に入って左手にある、猿の咆哮《ほうこう》や鳥の鳴き声がBGMで流れるこのエリアに足を踏み入れた僕は、これから始まる冒険の予感に、胸を高鳴らせていた。

そうだ、冒険だ。僕はとにかく、冒険がしたいんだ。単調な日々を劇的に変えるような、刺激の強い冒険を体験できるアトラクションはないか。

すると目の前に、巨木が現れた。「スイスファミリー・ツリーハウス」である。

これは、「無人島漂着民のロビンソン一家が暮らす樹の中を歩き回って、その生活の一部をかいま見よう」という、非常に地味なコンセプトを持つアトラクションである。その地味さは、王国一とも噂されている。

実際、この「スイスファミリー・ツリーハウス」は死ぬほど人気がない。昼夜を問わず、

「脱サラした店長が勢いだけで作ったアジアン雑貨店」並みに人が入っていない。夜ともなると、そのひとけのなさを知っている高校生カップルがこの樹の上でベロベロにキスをしているほどだ。「人の目を忍んで樹の上で接吻」って、キミたちは引き裂かれる運命にある伊《い》賀《が》の忍者と甲賀《こうが》のくのいちか、と思う。

「スイスファミリー・ツリーハウス」は、忘れられたように、アドベンチャーランドにぽつんと佇んでいた。大学生のグループがこのアトラクションを一瞥するなり「ここはスルーだな」と短いコメントを残し、通り過ぎていく。気持ちはわかる。団体であればあるほど、この手のアトラクションは、持て余す。

しかし、僕はひとり。誰にかまうこともない。よし、今日はじっくりとロビンソン一家の生活をかいま見てやろうではないか。

他人の生活をのぞく。考えてみれば、これはけっこうドキドキする行為である。いったい、この樹の中ではどんな生活が繰り広げられているというのか。冷蔵庫の中に「ロビンソン」と書かれたプリンが入っていたりするのか。聞いたこともない工務店の名前が入っているカレンダーが壁にかかっていたりするのか。

「ロビンソン父さん！　あたしが録画した金曜ロードショーの『カリオストロの城』の上に、釣り番組を重ね録りしたでしょ⁉」

「あー、すまんすまん」

「父さんのバカ！　漂着野郎！」

「親に向かってその口のきき方はなんだ！」

みたいな親子喧嘩が聞こえてきたりするのか。

いや、そんなほのぼのとした生活ではないはずだ。なにせこの一家は、文明から隔絶された世界で生きているのだから。

僕は心のどこかで、自分の家と、このロビンソン一家を比べてやろうという性悪な思いに駆られていた。

僕の家。そして、無人島に漂着して電気も水道もない暮らしをしているロビンソンの家。いったい、そのどちらの家が不幸なのか。いや、答えは歴然としている。どう考えても、ロビンソン一家のほうが不幸であろう。ロビンソン一家は、目を覆いたくなるような、貧しい生活をしているに違いない。

自分のところよりも粗末な家庭をこの目で見て、少しでも安心感を得たい。「ロビンソン一家と比べれば、自分はまだまだ救いがあるな」という即席の安息に浸りたい。そんな矮小なハイエナ根性を胸に秘めつつ、僕は「スイスファミリー・ツリーハウス」へと足を踏み入れた。

ところが、打ちのめされた。

巨大な樹の周りに張り巡らされた階段を一巡した僕は、呆然とアトラクションの出口で立ち尽くした。

なんだ、この完璧な生活は。

ひとりで王国のアトラクションに挑戦すると、誰にも気を遣うことなくディテールを観察できるので、そこにあるメッセージを必要以上に読み取ってしまう。

「無人島に漂着」という不幸でしかない事実を、長い歳月の中でポジティブに受け止めて作り上げた、一家の結晶である樹上の城。

畑を耕し、さまざまな野菜を自給自足。川の水を動力として、麦を踏み、パンを作る。樹の上には夫婦の寝室と子ども部屋を設置し、家族間のプライバシーも保障。さらには天敵である虎を避けるため、家の前に落とし穴まで掘ってある。ハンドメイドのセコムも完備、というわけだ。

そこには現代人が忘れている「生きる力」が力強く輝いていた。

自分の家よりも不幸な家庭を見ようと思ったら、全然不幸じゃなかった。むしろ、自分の家よりも格段に幸福であった。

ロビンソン一家にあって、僕の家にないものは、なんなのであろうか。

それは「大胆さ」かもしれない、と思った。

僕の父は、僕が仕事もせずに日々だらだらしていることを、受け止めきれないでいる。そして僕自身も、父がいまの自分のことを受け止めてくれていないことに、うじうじと悩んでいる。いや、その悩みにすら向かい合えず、現実逃避を繰り返している、どこにも漂着できないでいる。もし僕の父がロビンソンであったなら「なに？　やりたいことが見つからない？　がはは！　いいじゃねえか！　悩んでいるひまがあったら、川から水でも汲んでこい！」と大胆に受け止めてくれたことであろう。

もっと大きく生きたい。広い心で、余裕をもって人生に臨みたい。

でも、それは僕には叶わないかもしれない。

ずっと大胆さのない家で育ってきた。これからもきっと、ダイナミックには生きられないはずだ。

ため息を吐《つ》く。目の前にどどんとそびえる「スイスファミリー・ツリーハウス」を見上げる。

頂上付近で、カップルがキスをしていた。

他人の家に土足で上がり込んで、ディープキス。

僕にもそんな大胆さがほしい、と思った。

※

不良に対して、ずっと憧れていた。

中学二年生のある時期を境に、同級生たちは次々と髪の毛を茶色にし、胸から銀のアクセサリーをのぞかせ、不良へとメタモルフォーゼしていった。

彼らは、眩しかった。常に周りには女子が群れていて、体育祭では汗を光らせ応援に声を嗄《か》らし、修学旅行ではまるで義務のように木刀を買っていた。一方の僕は、常に頭の上に小さな虫が群れていて、体育祭では日射病で気分を悪くし、修学旅行ではまるで義務のように「京都に行ってきました」というおもしろ味ゼロの饅頭を買ってそれを帰りの新幹線で開けたりしていた。

不良への憧れは日に日に積もっていったが、僕はついぞ、不良になることはなかった。父に叱られるのが怖かったのだ。生真面目な父は、中学生の僕が整髪料を少しつけただけでも、烈火のごとく怒った。不良になるなんて、夢のまた夢であった。僕は反抗期を燻《くすぶ》らせたまま、中学を卒業した。

大人になったいまでも、不良になれなかったことを後悔する夜がある。成人したいまは整髪料をつけようが、髪の毛を脱色しようが、ドン・キホーテに上下スウェットのまま入店しようが、すべて自己責任である。しかし、いまさら不良になるなんて。そんなバカげた話も、ない。


「カリブの海賊」というアトラクションがある。

乗客はボートに乗り、滝つぼにまっさかさま。するとそこは中世の大海原。海賊たちが暴れ回り、テンション最高潮で酒を飲み高らかに歌声を上げている。しかし、やがては牢屋にぶち込まれる。「盛者必衰」を独特の視点で描いたアトラクションである。

常に混雑しているイメージのある王国であるが、実はゴールデンウィーク後の平日は人もまばらである。その日、「カリブの海賊」はガラガラであった。

僕はひとりでボートに乗り込む。ボートには一隻一隻にそれぞれ、女性の名前が冠されている。航海の無事を祈るために海賊たちが自身の好きな女性の名前を船に刻んでいた、という歴史的背景をもとにした演出である。なかなか粋なことをするではないか、海賊。中学生の頃、学習机に彫刻刀で好きなポケモンの名前を刻んでいた僕とは大違いだ。

「ミッシェル」という名のボートに揺られて、僕は海賊時代へと旅立つ。

嵐に立ち向かう海賊。大砲を撃ち合う海賊。なんか白目をむいている海賊。

僕は、そこに広がる荒くれ者の世界を前にして、純粋に感動した。

なんだろう、この海賊たちの楽しげな暮らしは。金品を奪い、市長を井戸に落とし、街に火をつける。懲役に換算したらとんでもない年数が弾き出されるであろう己の行動にちっとも罪悪感をおぼえることなく、「ヨーホー」などとほがらかに歌う。いい歳をした大人たちが、酒を飲み、女子を追いかけ回すなどといった「三流大学のテニスサークルの金曜日」みたいな日々を夜な夜な繰り返す。

海賊たちは英語でなにかを喋っている。おそらくは「酒が足りねえ。灯油でも飲むか」「腹が減った。タウンページでも食うか」「ニンニク、ヤサイ、増し増しで」などといった、非常に男らしい旨の発言に違いない。

僕は海賊たちの生きざまに感動した。

そして、謎の天啓に打たれた。

「よし、やっぱり不良になろう」

ボートから降り、外へ出ると、自分の奥底に眠っていた「カリブの荒くれ者の血」が沸き立っている気がした。

かつて憧れていた、不良のような生き方。不良はモテる。不良は好き勝手に生きている。でも、僕は不良にはなれなかった。親の目ばかりを気にして青春を過ごしていた。しかし、現在。僕は人生で最も荒《すさ》んだ生活を送っている。親の目を気にするどころの騒ぎではない。いま不良にならないで、いつ不良になるというのだ。よし、不良になろう。海賊のごとき、不良になろう。いまこそ、人生二度目の反抗期だ。不良になれば、親に対して言いたいことも、バシッと言えるはずだ。ヨーホー!

——久々に触れた外界。しかも、「夢と魔法の王国」という現実から大きくかけ離れた世界。そこに漂う非日常感が心の隙間に差し込み、僕は少し危険な躁状態になっていたのかもしれない。

大きなものに盾つき、周りを顧みず自由に生きる。

そんな、「カリブの海賊」からインスパイアされた不良性を胸に抱く。向こうに、巨木が見えた。「スイスファミリー・ツリーハウス」だ。

大きくのけぞり返る巨木に父を重ねる。「見てろよ、いまにお前なんか、燃やしちまうかな……」

僕は無駄な闘志を巨木に対してむき出しにした。先ほどまで、その巨木に対して「打ちのめされた」などと感想を漏らしていた事実を、全力で無視して。

「僕は不良になる」

二〇代男性の決意としては、これ以上ダメなものもないだろう。しかし僕はそれには気づかず、ギラギラとした野望を燃え上がらせ、アドベンチャーランドに隣接するウエスタンランドへ意気揚々と移動した。

この王国では、エリアごとに地面の色が変わる。アドベンチャーランドであれば緑色、ウエスタンランドであれば茶色、といった風に。

古き良きアメリカの西部開拓時代をテーマに掲げたウエスタンランド。茶色の地面は、どこか砂埃舞う開拓時代の街を思わせる。木造りの建物が並び、カントリーミュージックが流れ、遠くにはゴールドラッシュを象徴する鉱山がそびえ立つ。非常に情緒を感じさせるエリアだ。

王国が醸《かも》す特殊な幻想の空気。その中で人は、頭に魔法がかかってしまい、「いつもとは違う自分」にのめり込んでしまったりする。すっかり不良性を携えた気になっていた僕は、ウエスタンランドでハイになっていた。

どこに隠れてるんだ、カウボーイ。

出てこい、オレが相手だ、賞金首。

「あんた、見ねえ顔だな。バーボンをおごるぜ」とカウンターにグラスを滑らすのか、保安官。

「五年前にならず者がこの村に来て、村中の男の睾丸という睾丸を抜き取ったの。それだけじゃないわ。あたしの父は、ならず者によってチャーハンの具材にされた」とか相談してくるのか、町の娘。おい、それはちょっとやりすぎじゃないのか、ならず者。

僕は鼻息荒く、ウエスタンランドを練り歩く。不良に、もう怖いものなんてなかった。

だが、見てしまった。

ウエスタンランドの各所に設置されている、揺り椅子。

その椅子にぐったりと背をもたれた中年男性の群れ。

おそらくは家族連れのお父さんたちなのであろう。娘や妻がアトラクションやパレードを楽しむ中、日頃の疲れが昼を越えたあたりで噴出し、買い物袋を地面へ無防備に置いての爆睡である。保安官やカウボーイが居眠りをしているのならば、その様子は西部開拓時代の街並みと見事に調和したに違いない。が、そこに寝ているのは脂ぎった頭皮を薄毛の間からのぞかせる日本のサラリーマンである。ピストルよりも「ウコンの力」を握りしめているほうが似合う、日本のサラリーマンである。

僕には、その景色がまるで、この「夢と魔法の王国」の沈殿物のように見えた。そしてそこに、休日、リビングでゴルフ番組をつけたまま、ソファにだらしなく横たわる父の姿を重ねた。

僕は、一気に夢から醒めた。

「不良になる？　おい、なに寝言をのたまっているんだ？　どの道お前も、こうなるんだぞ？」

初めて王国にひとりで訪れたその日、それから僕は何周も何周も園内を歩き続けた。王国がもたらす蠱惑《こわく》的なムードと、さっきの中年男性たちがもたらした冷めた現実のムードとが渾然一体となって、得体の知れない心騒ぎを感じていた。

僕もやがて、あんな大人になるんだろうか。

いやむしろ、あんな大人にすら、なれないいんじゃないか。

僕はいったい、なにになりたいんだ。

やがて、王国に夜が訪れる。疲労がピークに達し、脚が棒のようになった。こんなに歩いたのは、久々だ。僕は気づくと、あの揺り椅子の上で、レム睡眠をしていた。

営業時間終了を伝える園内アナウンスに目を覚ます。だらしのないヨダレが口のはしからこぼれ落ち、僕の灰色のトレーナーに「岩手県」みたいな形のシミを作っていた。

そして僕は、少し泣いて、その日は王国をあとにした。

初めてひとりで王国を訪れた日は、こうして終わっていった。

※

古雑誌。脱ぎっぱなしの服。フィギュア。飲みかけのペットボトル。小銭。食べ散らかしたポテトチップスの袋。そういったものが散乱し、絡みつき、混ざり合い、「底辺のヴィレッジヴァンガード」と化した部屋。

ベッドの中で僕はだらだらとマンガを読みふけっていた。混沌とした部屋の様相は、そのまま僕の散らかった精神状態を表しているようだった。

「臭い」

父がノックもなしに突然部屋のドアを開け、そう言い放った。

「水族館のセイウチの前に立ったときと同じ匂いがする」

実の息子の部屋に対して、なんてことを言う父親なのだろうか。

「明日はゴミの日だ。今日は掃除をしろ」

命令に近い口調だ。僕はそれを無視する。父がこれ見よがしのため息を吐き、足の踏み場のない床をかきわけながら部屋に突入してくる。手にはゴミ袋が握りしめられている。

「やる気がないなら、オレが代わりに掃除してやる」

そう言いながら父は部屋の机の上に雑然と放られている、埃だらけの食玩に手を伸ばす。やることがなく、ただ自宅とコンビニの往復を繰り返しているうちにいつの間にか増えていった動物やアニメキャラの食玩たちである。無下に扱っているうちに、ムーミンが白熊の上に重なったり、ルパン三世とトノサマバッタとオランウータンとが組体操をしたりと、誰に見せることもないシルク・ドゥ・ソレイユが机の上で静かに展開されていた。

父がそれらの食玩を淡々とゴミ袋へ移動させていく。

「……まったく。こんなものばかり集めて。情けない」

寝そべり、マンガを読み続ける僕の背中に、父は刺すような小言をぶつけてくる。とたん、朱の混じった苛立ちが僕の中に湧き起こる。

「うるせえな！」

そう言えたら、どんなに楽だろう。僕は、父に対して「うるせえな！」が言えない。そんな凶暴なセリフ、とてもじゃないが、言えない。「せえな！」の部分が、特に凶暴だ。生まれてこの方、親にきちんと逆らったことのない中流家庭育ちのぬるい習性が、身体に染みついてしまっていた。

「うるせえな！」をもっとマイルドに言う方法を考えればいいのだろうか。

「うるさいダスよ」

一気に田舎臭さが漂い、ほのぼの感にあふれたが、これを言われた父はただ困惑するだけだろう。

「うるさいのーん」

昭和のギャグマンガに登場しそうな語尾。攻撃的な風味は消えているが、これを言われても父はただ気味悪がるだけだろう。

「うたるたせたえたな！　ヒントは、タヌキ」

タヌキ。つまり「た」を抜くことで「うるせえな！」の言葉が浮かび上がるわけだが、突然のなぞなぞに父はポカンとするだけであろう。

マンガに集中しているふりをしながら、僕は「うるせえな！」のバリエーションを考える。父はそんな息子のひとり会議に勘づくこともなく、せっせとフィギュアをゴミ袋に詰め込んでいく。部屋が無言で満たされていく。無言のままでは、なにも解決されない。でも、言葉を尽くしても、ズレていく。なす術《すべ》のない時間。時計が秒針を刻む音だけが、クリアに聞こえる。

突然、僕の広げていたマンガが奪われる。小さく驚き、父のほうを見る。

僕の顔をまじまじと眺めながら、

「お前の顔、生気がないぞ。まるで、幽霊みたいだ」

と父はつぶやく。針のようなひと言。膨れ上がったなにかが弾け、僕は部屋を飛び出す。


気づくと僕は、また王国へと戻っていた。

家にはしばらく、いたくない。あんな息苦しい場所、僕の居場所なんかじゃない。

この王国こそが、僕の居場所だ。

ここでは、誰も僕に嫌味を言ったりしてこない。働いていないことを、誰も咎《とが》めたりはしてこない。たとえベンチでマンガを読んだって、それを邪魔する人は誰もいない。それに、ここに来ればとりあえず「アトラクションに乗る」という目的意識が湧く。部屋で腐っているよりも、ここで行動意欲を生んでいるほうが、ずっと気持ちが晴れやかになる。

僕はその日、年間パスポートを買った。

ふと思いつき、「ホーンテッドマンション」の列に並んでみた。

僕は「ホーンテッドマンション」に、ある種のシンパシーというか、同族意識のようなものを抱いている。

「ホーンテッドマンション」は、王国にある唯一のお化け屋敷である。

西洋風の古いお屋敷の中で、九九九人の亡霊たちが蠢《うごめ》いている。たった一軒の家の中に、九九九人である。「この家のエンゲル係数は、どうなっているんだ」と心配になる過密さだ。大家族にもほどがある。

亡霊の館。そこにはもちろん、不穏な空気が漂っている。蜘蛛《くも》の巣が張り巡らされ、燭台が不気味に宙を浮き、天井では誰かが首を吊っている。

このネガティブさ全開のアトラクション、あろうことか王国の中で最も「夢と魔法」度の高い、ファンタジーランドの一角に存在している。

煌《きら》びやかな世界の隅に、ぽつんと佇む亡霊の館。僕は「ホーンテッドマンション」に、社会の隅に取り残された「幽霊のような」自分を勝手に重ね合わせていた。

「前へ、お進みください」

「ホーンテッドマンション」の案内キャストが、並ぶゲストに低い声で告げる。この王国ではどのキャストも表情筋をフル活用した笑顔を浮かべているのに、「ホーンテッドマンション」のキャストだけは悪夢を濃縮還元したかのような暗い表情を浮かべている。もちろんそれは、お化け屋敷という設定に合わせてのことなのだろう。しかし、徹底して無表情のキャストの顔を眺めているうちに「もしかしたらこの人たち、最近プライベートで本当に嫌なことがあって、こんな顔をしているのでは？」と不安になってくる。飼っていた犬が昨日死んだのかもしれない。彼氏の携帯電話を盗み見たばかりに、知りたくなかったあの夜のことを知ってしまったのかもしれない。風呂場でカマドウマが死んでいたのかもしれない。上履きを隠されたのかもしれない。甲子園出場を果たせなかったのかもしれない。頼りのベースがバンドから突如脱退を表明したのかもしれない。父親が勝手に部屋に入ってきて、片づけを始めたのかもしれない。

そのキャストの無表情にも、僕はむやみに共感をおぼえてしまう。そういえば僕も、久しく笑っていない気がする。

ひとりで列に並ぶ僕のうしろで、声を張り上げてお喋りに花を咲かせている女子の一群がいた。話の内容が、自然と耳に入ってくる。どうやら彼女たちは、普段この王国で働いているキャストらしく、非番のシフトが重なっている者同士で、今日はゲストとして遊びにきたらしい。この王国に従業している者たちをも虜《とりこ》にしてしまうところが、この王国のすごいところだ。いや、この王国の虜になった者が、やがて従業するようになったのかもしれないが。

どちらにしても王国の魔力は、計り知れないものがある。

　彼女たちの会話から、キャストのみが知りえる、この王国に関する裏情報が漏れ聞こえてきた。「この王国には巨大な地下通路があってアトラクションやレストランをそれぞれつないでいる」とか「スター・ツアーズのキャストはみんな仲が良いので、よくBBQパーティーをやったりしているらしい」とか、そんなことを話している。

　僕はこの王国が用意したフィクションの世界に肩まで浸かっていたいと願っている。だから、できればそんな「特典：スタッフの裏話コメンタリー」みたいなものは聞きたくなかった。しかし、どうしても会話が耳に入ってきてしまう。

「そういえばね」

　ひとりの女の子が、急に小声になる。

「このホーンテッドマンションのキャストって、すごく仲が悪いんだって。なんか、人間関係、ぐちゃぐちゃらしいよ」


　ひとりで、黒いカートに乗り込む。

　まるで棺桶のようなカートに運ばれ、「ホーンテッドマンション」の中を巡るのである。

　ナレーションが響く。

「このホーンテッドマンションには、九九九人の亡霊たちが住んでいる。そしてあなたを、一〇〇〇人目の亡霊として、待ち受けている」

ここのキャストが笑わない理由って、職場内の人間関係の不和だったりして。そんな勝手な妄想を膨らませながら、カートに揺られる。

僕は、バイトが苦手だ。

高校のときに初めてやったファミレスのウェイターのバイト。「いらっしゃいませ」が自分の引き出しの中にない言葉であったため上手く発することができず、客が来ても能面のような表情を浮かべるだけ。そんな男が「二名様ですか?」なんてセリフ、とてもじゃないが言えたものではなく、指で「二」を作り、立ち尽くす。「店先で、ピースサインを送ってくる顔の死んだウェイターが立っている」というクレームが入り、すぐに厨房の皿洗い係へとまわされた。そのファミレスは、スタッフたちの仲が良く、休みの日にはボウリングに行ったりカラオケに行ったりと親睦会が頻繁に開かれているようだった。しかし僕は一度もそういった会に呼ばれることはなかった。ある日、僕はバイトに遅刻した。その遅刻の隠ぺいを図るため、タイムカードの打刻機に水を注いだ。それが店長にばれ、僕はバイトをクビになった。当たり前だが、送別会など開かれなかった。

それからも色々なバイトを渡り歩いたが、一度も職場で良好な人間関係を築けたことはなく、いつも蚊帳《かや》の外にいた。歓迎会で「よろしくね！」とにこやかに挨拶をしてくれた人たちは、僕がバイトを去る日には決まって誰も目すら合わせてくれなかった。

バイトをしていたとき、僕は笑っていただろうか。たぶん、笑っていなかったと思う。そう。僕はバイト先で幽霊だった。そして、いまも実家の中では幽霊だ。僕こそが、一〇〇〇人目の亡霊に違いない。


生きる屍《しかばね》である僕のことを、「ホーンテッドマンション」は優しく受け入れてくれた。最初は棺桶のように思えたカートにも、ゆりかごのような居心地のよさを見つけた。

この館の亡霊たちの中に溶け込めたら、どんなに楽しいだろうか。亡霊たちと住み、遊び、ときには恋をする。そんな夢想をする。

「初めまして！　新人の亡霊です！　父親に『生気がない』と言われここに来ました！」

「ちょっと先輩！　寝てるときに枕元に立つのは勘弁してくださいよ〜」

「今度の日曜日は親睦を深めるためのバレーボール大会を開催します。ポルターガイストを使うのは反則ですからね！」

「ねえ、キスしてもいい？……そっか、首がないから、無理か」

亡霊たちとの戯れの日々は、なんだか自分にぴったりのような気がしてきた。一〇〇〇人目の亡霊として、この「ホーンテッドマンション」でやっていける。そんなうしろ向きの自信すら湧いてきた。

僕は亡霊なんだ。虚《うつ》ろな目をして、家に巣食う、亡霊なんだ。だから、父に「幽霊みたいだ」なんて言われても、傷つかなくて、いいんだ。

甘い絶望の中で、僕は自分にそう言い聞かせていた。

巨大な鏡が現れた。その鏡の中で、いつの間にか僕の横に亡霊が座っている。僕も亡霊も、生気を失った顔をしていた。仲良くやっていけそうな気がした。


カートはやがて、アトラクションの出口へと差しかかる。完全に幽霊の気分で自信を満たしていた僕は、おぼつかない足取りで、カートから歩道へと降りる。

「ホーンテッドマンション」の出口には、黄色い字でこんな文言が掲げられている。

「ゆうれい立入禁止！　人間の世界へあと少し」

僕はその看板を、やすやすとくぐることができた。

僕はどうやら一〇〇〇人目の亡霊ではなかった。

亡霊の仲間にも受け入れてもらえない。やはり僕は人間なのだろうか。でも、人間だったら、自分の部屋の片づけくらい、きちんとできるはずだ。雑然と散らかったあの部屋を片づける気力は、どこに行けば見つかるのだろうか。

もしかしたら僕は人間未満、さらには亡霊未満の存在なのだろうか。

「ホーンテッドマンション」は、夜になると外観の窓に、亡霊とおぼしき影が映る。それに気づいている人はほとんどいない。

それでも亡霊は、たしかにそこにいる。

※

「ねえ、なんかおもしろいことを喋ってよ」

夜間学校生の頃、初めて参加した合コン。前に座っていた名前も知らない女の子が、僕に向かってそんなひと言を突然放ってきたことがある。

僕は二〇歳の頃、夜間学校に通っていた。定時制の大学。でも、雰囲気は学習塾。なにを得られるわけでもない、とりあえず卒業すればそれで十分、みたいな弛緩《しかん》した空気の漂う夜間学校だった。将来への夢も展望もなかった僕は、その学校への進学を「授業時間が短い」という理由だけで決めた。

一時間目と二時間目の間の休み時間。窓の外は、すでに真っ暗。クラスメイトたちが教室のあちらこちらでお喋りに夢中になっている中、僕はいつものように椅子の上で背中を丸めながらケータイゲームに集中していた。説明するまでもないが、僕はこの夜間学校に、全然なじめていなかった。

「なあ、今度の土曜日、合コンがあるんだけど、行かない？」

その声に、僕は驚いた。僕に話しかけてくる人がいることに、驚いた。顔を上げると、いままでに何度か会釈を交わした程度の男子クラスメイトの顔があった。

「……合コン？」

「そう、合コン。どう？」

合コンに、僕が……？

「合コン」。それは見知らぬ男子と女子が酒宴をともにし親睦を深めてなんちゃら、といった趣旨の会合である。
僕はそれまで、合コンというものを、一度も体験したことがなかった。しかし、合コンに対しての興味は人一倍大きかった。テレビやネット、それに周囲から漏れ聞こえてくる「合コン体験談」を頭の中でパッチワークしているうちに、想像が膨れ上がり、僕の中での「合コン」は左記のようなものになっていた。

アーバンなバーでバーニャカウダを挟んで向かい合う、男女たち。まずはビールで乾杯。「パスタを茹でるときはなによりも塩加減が大切なのさ」や「男がアルマーニを選ぶんじゃない。アルマーニが男を選ぶんだ」といった、実に村上春樹的に洗練された僕のお喋りに、女子たちは枝のように細いタバコを吸いながら瞳を急速に濡らしていく。すると、向かいに座った女子がテーブルの下から手を伸ばし、僕の太ももを触ってくる。そのタッチを軽く受け流し、僕はクールに「キミみたいな女の子は、きまって寂しがり屋さ。北国のツバメのようにね」とだけ言う。するとその女子は、「そう、あたしはツバメ。そしてあなたは、そんな寂しがり屋のツバメを優しく迎えてくれる、パークハイアットなのかしらね？」とミステリアスな発言。そして突然、異国の湿布のような匂いのするカクテルを口移しで僕に飲ませてくる。それを飲み干したあと、僕は彼女の瞳を見つめ、「自分はそこまで優しい男じゃない。二月の新月のように、冷たい男さ」とこぼす。彼女はその愛撫のようなセリフに「あはーん」と小さくあえぐ。すると他の女の子たちが「ちょっと、あなたたちだけでなに盛り上がっているのよ」「そうよ、抜け駆けはズルいわ」「なにかみんなでゲームをしましょうよ」と騒ぎ立て、おもむろに王様ゲームが始まる。王様の権利を射止めた女の子が「命令！　ここにいる女子全員に、アナタはキスをしなさい！」と僕に指をさす。「やれやれ……」と僕は立ち上がり、火照《ほて》った女豹たちの唇に、仲裁の意味を込めて悪魔風の口づけをして回る。他の男子たちは「あいつは合コンの神様に選ばれた男。オレたちはそのおこぼれにあずかるハイエナってわけだ」と陰で妬《ねた》む。僕はその男子たちに札束を投げつけ、「いますぐホテルのスイートルームを押さえてこい！　合コンは始まったばかりさ！」と高らかに宣言する。女子全員の「ひゅううううう！」という賛辞の歓声があがる。

これが僕の頭の中の「合コン」であった。酒池肉林。まさに酒池肉林である。

なぜ彼は僕のことを合コンに誘ってくれたのだろうか。単刀直入に聞いてみたが、さして深い理由はなさそうだった。要は「男子側の人数が足りなくなったから」みたいなことだったのだろう。赤や青の人気色と並んで誰も使わないベージュ色がクレパスの中に混じっていることがあるが、彼にとっての僕は、そのベージュのクレパスだったのだ。誰からも必要とされていないけど、とりあえずの数合わせ。そういう存在。

しかし、このときの僕は、そんなことに勘づくことなく、単純に色めきたった。

「ついに僕が、合コンに赴く日がやってきた」

「ついに僕が、合コンの神様に選ばれた人間であることを証明する日がやってきた」

「ついに僕が、仲裁の意味を込めた口づけを女子にする日がやってきた」

僕は次の土曜日を、指折り数えて待った。人生で生まれて初めてコロンというものを購入し、土曜の朝にはそれをシャワーを浴びるかのように全身へとふりかけた。

現実とは、かくも厳しい。

それは、思い描いていた「合コン」とは見事にかけ離れた光景だった。

まず、女子の目がまったく潤んでいない。向かいの女子など「コロン臭に手と足が生えた存在」と化した僕に対して、「サハラ砂漠か」みたいな乾いた視線を送ってきた。

それから、思っていた以上に女子たちがお酒を飲まない。まるで親の仇のようにカルピスやウーロン茶などといったソフトドリンクばかり注文する。

そしてなによりも、会話が全然盛り上がらない。彼女たちは口を開けば「スノボの話」か

「実家の話」しかしないのだ。僕が用意してきた「ウィスキーのグラスに耳を傾けると、風の歌が聴こえてくるんだ」だの「キミの笑い声はまるでギリシャの港を照らす太陽のような心地よさだ」といった春樹的なセリフを差し込むムードなど、皆無である。

目の前の女の子と共有する「会話遭難」寸前の空気に耐え切れなくなった僕は、トイレの個室に駆け込んだ。

おかしい。これは、僕の知っている合コンではない。

だいたい、会場からして想像していたのと違う。合コンというのは、なんというか、ジャズがBGMで流れていて、細いグラスに入ったスティック状の野菜が前菜としてテーブルに置かれていて、金ノブのトイレの扉を開けるとハーフ美人が「ここで抱いて」とおもむろにネクタイへ手を伸ばしてくる、みたいなアーバンな店でやるものではないのか。

ここは、どう見ても居酒屋じゃないか。BGMはJ-POPを琴でアレンジした有線じゃないか。前菜は「やみつきキャベツ」じゃないか。つうかそれ、前菜というより、お通しじゃないか。そしてトイレにはハーフ美人の気配など微塵もなく、ただ扉に「八〇万円で世界一周の旅!」というポスターが貼られているだけじゃないか。

僕の中の「合コン」像が、ガラガラと音を立てて崩れていく。

それでも、僕は諦めきれなかった。僕がトイレに閉じこもっている間に、状況が劇的に変化しているかもしれない。席に座るやいなや、女子が太ももを触ってくるかもしれない。灰色だった合コン風景も、華やかなエロい雰囲気へと変貌を遂げているかもしれない。そんな淡い期待を胸に、僕は座敷へと戻った。

全然、変わっていなかった。会話の糸口さえつかめない、重苦しい空気だけが相変わらず横たわったままであった。

目の前の女の子は、依然として「阿修羅像」みたいな表情を浮かべ、頑として無口である。僕はいたたまれず、ただ目の前にあるビールを飲み干す。こんなに美味しくないビールは初めてだ。

「ねえ」

突然、女の子が口を開いた。

「つまんなそうな顔してないでさあ、なんかおもしろいこと喋ってよ」

なんて注文をしてくる子なんだ。率直に、そう思った。

「おもしろいことを喋れ」

そう要求されて、本当におもしろいことを喋れる人間が、いったいこの世に何人いるだろうか。だいたい、この場で、どんな「おもしろ」を口から出せば正解なのだろうか。僕は脳内でシミュレーションを試みる。

「ねえ、なんかおもしろいこと喋ってよ」

「わかったよ。アルミ缶の上にあるミカン」

ダジャレでないことは、たしかだ。

「ねえ、なんかおもしろいこと喋ってよ」

「わかったよ。柿とかけまして、古本屋とときます。そのこころは、『秋』（飽き）がきたら『熟れる』（売れる）でしょう」

謎かけでないことは、はっきりしている。

「ねえ、なんかおもしろいこと喋ってよ」

「わかったよ。じゃあまず、屏風の中にいる『おもしろいこと』をここに引っぱり出してください」

とんちだけは、絶対に違う。

僕は、女の子の「おもしろいこと喋って」に、ただただ、薄ら笑いを浮かべることでしか対応できなかった。その薄ら笑いは、自分の中で一番嫌いな顔だった。

「おもしろいこと」をひとつも喋れないまま、僕の人生最初で、そしておそらくは最後でもある合コンは、幕を閉じた。以来、僕は学生生活の中で合コンはおろか、飲み会の誘いすら拒み続けることになる。

あの日から見ず知らずの女の子に「おもしろいこと喋って」と乞われることに、ずっと怯えている。


王国のアドベンチャーランド。「ジャングルクルーズ」の列に並びながら、そんな数年前の合コンでの悪夢を思い出したのには、わけがあった。僕のうしろに並んだ女の子の集団が、のべつまくなしに「先週の合コンで、いかにおもしろくない男たちが集まったか」について不平不満を並べていたのだ。僕は、関係ないのに「そうです、私もその『おもしろくない男』の一角を担うものです。すいません」と萎縮してしまう。列はぞろぞろと前に進み、彼女たちは「おもしろくない男批判」の口を最後まで止めることはなく、あろうことか僕と同じボートに乗り込んできた。

この「ジャングルクルーズ」は、キャストである船長さんが舵《かじ》を取るボートでもってジャングルの奥地を探検し、襲いかかってくる動物や部族にハラハラドキドキ、という王国屈指の人気アトラクションである。

「皆さーん、こんにちはー！」

男性の船長さんがテンション高く、船着き場から乗り込んだ僕たちに声をかけてくる。

「あれれー？　元気がないですねー？　もう一度いきますよ！　こんにちはー！」

すごいノリである。「友だちか」みたいな馴れ馴れしさすら感じる。僕も、先ほどの女子集団たちも、半笑いで「……こんにちはー」と応える。

「さあ、出発です。皆さん！　うしろの船着き場にいる人たちに向かって、まずは手を振りましょう！　バイバーイ！」

船長の言葉を素直に受け止めて、うしろに向かって手を振る。しかし、船着き場の人たちは、こっちのアクションに気づいてすらいない。空振りのような空気が船内に漂う。

「おっと、誰も手を振り返してくれませんでしたー」

船長が、おどけてそう言う。

計算だ、すべては船長の計算だったのだ。船着き場からは誰も手を振り返してなどくれないだろう。最初から船長はそれを知っていた。なのに、わざわざ我々に手を振ることを要求した。なぜか。答えは簡単だ。「おっと、誰も手を振り返してくれませんでしたー」、このギャグを言うためである。このひとつもおもしろくないギャグのために、我々け彼の手のひらの上で踊らされたのである。船内に、早くも船長に対する疑心が広がる。

しかし、船長はそんな空気にも我関せずといった感じで、ボートを水面に進める。

「おっと、あそこには二頭の象がいますねー」と船長が指をさす。

「あの象たちは、実は夫婦なんです。旦那の象は、だいぶ奥さんの尻に敷かれているようで、『お尻が重いゾウ』なんて言ってるそうですよ」

震えた。なんておもしろくないことを言い出すんだ、この船長は。船内からは義理のような「ははは……」という笑い声が聞こえるが、それもすぐにボートのエンジン音によってかき消されてしまう。

「おや、あそこにはゴリラとワニがいますね」

見ると、ゴリラが自らの握った拳を、大きく開いたワニの口に向かって差し向けている。

「あれは、なにをしているのか、わかりますか？」

突然のクイズ形式だ。嫌な予感がする。

「実はあれ、じゃんけんをしているんです。ゴリラがグーで、ワニがチョキ。ワニはいつまで経っても、勝てません〜」

船内が、恐ろしくぬるい雰囲気に飲まれていく。見ると、あの女子の一団も法事に参加しているかのような表情を浮かべている。

しかし、船長は、止まらない。

「あそこでは、探検隊がサイに襲われていますね。『ごめんなサイ』と言っても、許してもらえなかったのでしょう」

「うわあああ！　滝にぶつかりそうになった！　皆さん、無事ですか？　僕は水に濡れてしまい、すっかり『水もしたたる、いい男』になってしまいました〜」

「あれは干し首を売っているお土産屋さんです。この間、彼に尋ねたんですよ。『商売のほうはどうだい？』って。そしたら彼、こう言いました。『売れなくって、首が回らない』ってね」

おもしろくなさのエレクトリカルパレードである。なんなんだ、この男は。どうしてこんなにもおもしろくないことを連発しているのに、平然とした顔をしていられるのだ。この男の心は、鋼《はがね》か？

長い船旅を終え、ボートは船着き場へと戻ってきた。船長はマイクを口元に当てる。最後まで「おもしろくないこと」を言う覚悟だ。

「皆様、いまからこの世で一番恐ろしいところへと参ります。それは、文明社会。これにて船旅はおしまいでございます。どうぞ、忘れ物などなきよう。カバン、カメラ、そしてご自分のお子様。最近、お子様をボートに忘れる方がたくさんいらっしゃいます。なにを隠そう、僕自身が、その昔、このボートに忘れられた男でございます」

やはり、おもしろくなかった。しかも若干、ブラックジョークである。

しかしその瞬間、予想しなかったことが起きた。

拍手である。船内に、自然と拍手が巻き起こったのである。あの女子たちも、そして僕までもが、気づけば大きな拍手を船長に贈っていた。

ボートの中には、いつの間にか一体感が生まれていたのである。

僕はそこで、はたと気づいた。船長は、ただ闇雲に「おもしろくないこと」を喋っていたのではなかった。プライドを捨て、自らがピエロとなることで、船内に「あの船長、つまらねー」という共有意識、ひいては一体感を自然と作り上げていたのである。すべては船長の思惑通り。船長は、ただ者ではなかった。そこにある構造を俯瞰《ふかん》で解決するため、船長はあえておどけた態度をとっていたのだ。

一方の僕は、どうなのであろうか。あの夜、「おもしろいことを喋れ」と言われて、ダジャレのひとつも吐くことができなかった。おもしろいことを思いつかなかったからではない。ただ、自分がピエロになることを、プライドが許さなかったのだ。

僕は、僕のことしか考えていなかった。船長は、みんなのことを考えていた。


船長が言うところの「この世で一番恐ろしいところ」、文明社会へと僕は降り立つ。そこは本当に恐ろしい場所だ。男がいて、女がいて、合コンがある、恐ろしい場所だ。

もし、また合コンに呼ばれる機会があったら。もしその合コンで「おもしろいことを喋って」と言われたら。そのときは迷わず、「そんなこと言われても、困るゾウ」と答えよう。

そう心に決めた自分がそこにいた。

すごくどうでもいい決心な気もした。

※

その日、僕は王国に家族と連れ立って遊びにきていた。

父と、母と、ふたりの弟と、そして僕。

いまからもう、一〇年以上前の、僕が中学一年生の頃の話だ。

僕は、どこにでもいる、実に平均的な中学生であった。

学生服の袖にいつもチョークの粉を付着させ、理科の実験ではプレパラートを割り、「土が食べられたら一生働かなくていいのになあ」などと、親が授けてくれた右脳をフルで無駄遣いした空想に耽《ふけ》りつつ下校する。もちろん、下校途中の駐車場にエロ本が落ちていたら、傘の先でそれをつつく。そんな、どこにでもいる中学生だった。「撮った写真をレトロっぽく加工するだけのアプリ」よりもおもしろ味のない中学生であった。そして、その平均的な中学生は、ご多分に漏れず、反抗期を迎えていた。

反抗期のスタイルは、人それぞれである。母親のことを「ババア」と呼んでみたり、もっとひどいと母親のことを「クソババア」と呼んでみたりする。反抗期とは実に恐ろしい。「ババア」と呼ぶだけではない。親を平気で殴る中学生もいるかもしれないし、親が一生懸命育てた柿の木に勝手にのぼって「お前はこれでも食べてろ」と青柿をぶつける中学生もいるかもしれないし、スーパーから出てきた親にクジを引かせて「おめでとうございます。二等のダイビングスクール入会権が当たりました！」などという詐欺を水で薄めたような商法でひと儲けする中学生もいるかもしれない。

でも、それらの反抗期は、どれも「おもしろ味のある中学生」ならではのスタイルである。では、「おもしろ味のない中学生」である僕はいったい、どんな反抗期の姿を見せていたのであろうか。

僕がまず実践したのは、「家族のことをゆるく無視する」という反抗である。

具体的に説明すると、「夕飯、できたわよ」という台所からの母の呼びかけを、まず無視する。「夕飯、できたってば！」という二度目の呼びかけも、無視する。「返事は!?」という若干怒りの入り混じった母の呼びかけに、「……おう」とやっと応える。

ここで重要なのは、返答が「うっせーな！」でも「今日は夕飯を食わねえ！」でも「お前も蠟人形にしてやろうか！」でもなく、「……おう」である点である。基本的に、親を傷つけるような行動はしたくない。でも、自分が反抗期であることはアピールしたい。この複雑な心理の表れから導き出されたスタイルが、二回呼びかけを無視したのちの「……おう」なのだ。

「……はい」では優等生すぎる。かといって、「……ああ」だと、「お前は二枚目か」みたいなことになってしまう。「……うぃ」だとフランス人だし、「……すん」だと言葉そのものがもはや意味を失っている。

その短いセンテンスの中に反抗期を凝縮させた結果の「……おう」なのである。

しかし、「……おう」が反抗期であることは、家族に伝わりづらい。「あれ？　いま、元気のないアザラシが一度だけ鳴いた？」みたいな感じになり、そのまま「……おう」はリビングのゆるい空気に溶けていく。そして僕はのそのそと夕食の席に着く。

これではダメだと編み出した、もうひとつの反抗期アピールの方法。それは「家族と出かけるときは、なるべく反対言葉を吐く」である。

母が「今日はいい天気ねえ」と言えば、僕は「よく見ると曇ってる」と返す。母が「ほら、あそこにいる尾の長い鳥、可愛いわねえ」と言えば、「可愛くない」と返す。母が「見て。車窓の向こうに、東京タワーが見えるわよ」と言えば、「僕にはあれが東京タワーだとは思えない」と返す。

悪態を吐くわけではない。あくまで、逆さの言葉で返答する。

家族とギリギリのラインでコミュニケーションを保ちつつ、自分が反抗期であることを表現したいと願っていた僕にとって、これはうってつけの方法であった。

いい天気の日、オナガドリを発見し、電車の窓から東京タワーを眺めつつ、僕たち五人家族は舞浜駅に向かっていた。王国で、遊ぶために。

「家族と一緒に王国で遊ぶ」という事態は、思春期を迎えた一般的な中学生であれば避けたいところであろう。しかし、僕は思春期の志が非常に低い中学生であった。「休日、家族で王国に行くけど、あんたどうする？」と母に聞かれた際、「は？　行くに決まってんだろうが！」と反抗期テイストの口調を纏《まと》わせつつも、素直に同意した。そこだけは、反対言葉は使わなかった。

どこにいても寡黙《かもく》な父と違い、うちの母はよく喋る。

「みんなでポップコーンを食べましょうよ！」

「この花壇の前で、家族写真を撮りましょうよ！」

「映像が飛び出て見えないから、ちゃんと3Dメガネをかけるのよ！」

などと、王国でテンション高くふるまう母に対して、

「食べない」

「撮らない」

「3Dメガネなんかかけない」

と、必死の反抗期アピールを繰り返す。

結果、お腹は減り、家族の幸せな写真から僕だけが抹殺され、立体映像がとてもぼやけて見えるためアトラクション内で変に酔う。

「なんでこいつ、ついてきたんだ」

そんな空気が、家族の中に漂う。それでも僕は、家族と一緒に王国を歩く。

そんなとき、事件は起こった。

「ねえ、あそこで売っている、ホットドッグを五本、買ってきなさいよ」

王国のはじにあるトゥーンタウン内の売店に目を向けて、母が僕に指示をしてきた。僕は簡潔に、

「いやだ」

と返答する。すると、それまで僕の王国での反抗期っぷりを黙って眺めていた父が、

「買ってきなさい」

と強い言葉で母の指示をあと押しした。その思わぬ父の気迫に動揺した僕は、お得意の、

「……おう」

という言葉を残し、ひとりで売店へと向かった。背後で弟たちと父が、

「じゃあ、僕もお兄ちゃんとホットドッグを買いに行くよ」

「しっ。行かなくていい」

と会話しているのが聞こえた。

ホットドッグを購入し、先ほどのトゥーンタウンのゲート前へと戻ると、家族の姿がこつ然と消えている。辺りを見回しても、それらしき姿は見えない。トイレにでも行ったのだろうか？　しばらくその場所で家族を待ち、しかしいくら待っても現れないので、近くのトイレを探し回る。手の中で、五本のホットドッグが冷めていく。

「迷子になった」

僕はそう確信した。

王国で迷子になるというのは、そこそこに大変なトラブルである。

この王国では、「夢と魔法」の演出のため、迷子のアナウンスというものを一切行っていない。来園しているゲストたちが現実に引き戻されることがないように、との配慮からだ。

ではこの王国で迷子になった際には、どうしたらいいのか？

まず、迷子になった者は近くのキャストに声をかける。すると、王国内に散らばったキャストたちは無線を使って連絡を取り合う。そして「迷子」と「迷子を捜している家族っぽい人たち」とを引き合わせてくれる。繊細な従業員システムを完備している王国だからこそなせるわざである。

しかし、ここにひとつの落とし穴がある。もし、迷子になったのが、「身体は大人！　頭脳は子ども！」という逆名探偵コナン的な中学生であった場合である。思春期ゆえ「僕、迷子になりました」とアルトでもソプラノでもない変声期特有のボイスでキャストに告白するのは、なかなかに勇気が必要だ。僕は、とてもじゃないが、そんな相談を近くにいるキャストにはできなかった。

徐々に日暮れが迫ってくる。王国の電飾が煌びやかに光り始める。僕はひとりで、家族の姿を探す。

そして、ある光景を眼前に、僕はホットドッグを握りしめたまま、愕然とそこに立ち尽くした。

アドベンチャーランドのレストラン、「クリスタルパレス・レストラン」の窓ぎわの席。

そこで、仲良くパフェを食べている、四人の影。

それは、僕の家族であった。

僕を抜いた、僕の家族であった。

そして、確信する。

「迷子になったんじゃない。まかれたんだ」

いま思えば、それはぬるい反抗期を展開している僕に対しての、父と母からの試練だったように思う。「一緒にいたいんだったら、ちゃんと家族に参加しなさい。一緒にいたくないんだったら、ひとりで帰りなさい」という二択を僕に迫ったのだ。

幸せそうに甘いものをつつきながら談笑する家族の姿は、幸せそのものを描いていた。二択のどちらも選ぶことができなかった僕は、家族に合流するでもなく、帰るでもなく、レストランの前に立ち尽くした。

それから一〇年間、僕は王国に足を運ぶことはなかった。

夏

父が仕事に出かける際の玄関を開ける音で、まず目が覚める。そこから二度寝を決め込むと、次は弟たちが学校へと出かける音でまた目が覚める。

ここで普通の人間ならばようやく起き上がるものだが、僕は果敢にも三度寝にチャレンジする。すると母親が僕の部屋のドア越しに「じゃあ、パートに行ってくるからね……」と声をかけて、家を出ていく。

こうして僕は、家族が社会へと出かける音をスヌーズ機能として利用しつつ、やっと完全に目が覚める。熱帯夜で汗ばんだ寝巻を雑に脱ぎ、風呂場へと向かう。そして水量全開のシャワーを浴びる。「水道代は親が払う」という大前提を盾にした、荒わざである。

その後、全裸のまま誰もいなくなったリビングへと躍り出て、おもむろに冷房のスイッチを入れる。設定温度は二二度。「電気代も親が払う」という免罪符を振りかざした、攻撃的な行為である。冷え切った部屋で、毛布にくるまりゴロ寝する。公家のごとき、贅沢なふるまい。

そこからは小一時間ほど「昨晩見た夢を思い出して、ひたすらニヤニヤする」という、ボロ雑巾のような時間を過ごす。たまに「血を吸わない、ただ大きいだけの蚊」が目の前を横切って、ビクッとしたりする。

そんな虚無的な時間が過ぎていく中で、そろそろ自分のことを心底愛せなくなりそうになり、慌てて立ち上がる。そして朝からまだなにも食べていないことに気がつき、戸棚から袋ラーメンを取り出す。誰に頼まれたわけでもないのに「今日はスープにこだわってみるか」ということになり、梅干や味噌、トマト缶やチョコレートなどを鍋へと投入する。そして鍋の中にでき上がった「四捨五入すると生ゴミ」みたいな液体に鼻腔をつかれ、軽くえずく。しかたなくラーメンを諦め、結局は食パンと冷蔵庫の中で眠っていたキュウリのぬか漬けでブランチを食べ出す。信じられないくらい不味い食い合わせであることに気づき、窓の外を歩いていた野良猫にそれを与えようとするが、無視される。猫も食べなかったそれを、敗戦処理のような気持ちで再び胃に収める。

食パンとぬか漬けと空虚とでお腹を満たし、ここまでずっと全裸で行動していた自分がようやく怖くなり、パンツをはく。テレビをつけるとお昼のニュース番組でアナウンサーが「こんにちは」と頭を下げている。なんとなく、「こんにちは」と返す。それはひどく痰《たん》が絡んだ声で、その「こんにちは」が今日初めて自分の発した言葉であることに気がつく。

パンツはいて、食パン食べて、痰が絡んだ声でテレビに挨拶して。「衣食足りて礼節を知る」ということわざの、最もグレードの低いやつ。そんな感じの生活を、僕は夏の午前中に繰り返していた。

夕方になれば、親が帰ってくる。親となるべく顔を合わせたくない一心で、僕はこの頃、ほぼ毎日のように正午を過ぎたあたりから王国へと足を運んでいた。

クローズするまで王国を彷徨《さまよ》い続け、夜遅くにそうっと玄関の扉を開く。「どうか、父も母も寝ていてくれ」と心で祈る。だが願いは届かず、父はまだ起きている。悲しみと怒りと疲労とが混じったような顔つきで、父は僕に、冷蔵庫が開けっ放しであったことやクーラーがついたままであったこと、鍋の中に魔女しか作らなそうな液体が放り捨ててあったことなどをこんこんと説教し、最後に、

「……なんでお前はこうなんだ」

とため息まじりの落胆を残して寝室へと消えていく。例によってなにも言い返せなかった僕は、重く背中を丸めながら自室へと戻る。

昔は、父はもっと真っ直ぐに僕を叱ってくれた。いつからだろう、父の説教に諦めの色が混じるようになったのは。

自室のドアを開ける。母がやってくれたのであろう、脱いだままにしておいた寝巻がきれいにたたまれている。そして寝巻の横には、就職情報誌が添えられていた。

僕は、本当に、どうしてこうなんだろう。

夏の盛り。

海の真横に隣接された王国は、濃い潮風が運ぶ蒸した熱気に満たされていた。その湿気の中に、今日も僕はいた。

「スター・ツアーズ」は、その名の通り、宇宙旅行を楽しむアトラクションである。

宇宙、それは無限の闇に包まれた空間。真空に満たされた世界。

そんなところを旅行して果たして楽しいのか？「スター・ツアーズ」を前に、そんな疑問を抱く。

「ジュースが宙に浮く！」

「重力がないから、目がつり上がっちゃった！」

「ウケる！　酸素が全然ない！」

宇宙で楽しむべきポイントを必死に想像してみるものの、それくらいしか思いつかなかった。だいたい、僕のような人間がこんな気軽に宇宙に行っていいものなのだろうか。

勘だが宇宙という場所は「ＴＯＥＩＣ満点」「毎日、過酷な筋肉トレーニング」「州立大学のエリート研究会に入会し、卒業式では黒くて四角い帽子を空に向かって一斉に投げる」みたいな経験を積んだ人でなければ行ってはいけないような気がする。僕のような「英検五級」「毎日、陸上部のトレーニングを横目で見ながら下校」「進研ゼミにすら入会せず、進研ゼミの勧誘冊子のマンガだけ読んで捨てる」みたいな経験しか積んでいない人間は、宇宙に行く資格すらないのでは？

などというごちゃごちゃとした考えは、行列に並んでいる最中に、早くも吹き飛んでしまった。

待ち列の間、アンドロイドたちが、我々が宇宙旅行で搭乗する「スタースピーダー3000」なる宇宙船の整備を行っている。ラジオを聞いたり、仕事の愚痴を言ったりしながら、搭乗準備を進めるアンドロイドたち。よく目を凝らすと、地上を這うネズミのアンドロイドや、銅線やボルトなどで巣作りをしている鳥のアンドロイドまでいる。そうか、この世界の技術は、ここまで進化しているのか。そして大画面に映し出される、魅力的な宇宙の星の案内CM。水の惑星や、森の惑星。どうやらここの宇宙には、僕が思っていた宇宙よりももっと魅力的で未知なるものが待っているようだ。

さすがは、夢と魔法の王国である。きっとこれは、「スター・ツアーズ」の名の通り、宇宙の星々を巡り、そこに住まう宇宙人とのコミュニケーションを楽しむ、そんなアトラクションなのであろう。

宇宙船が森の惑星に到着する。すると向こうから、人間の女性にそっくりの宇宙人が不思議そうに僕を見つめながらこっちへと来る。

「やあ、僕は地球って星から来たんだ」と挨拶をする。

「アタシ、コノ星ノ女。オマエ、伝説ノ勇者カ？」

「伝説の勇者？」

「コノ星、戦争シテイル。戦争、オワラナイ。戦争オワラセルノガ、伝説ノ勇者」

「いや、僕は……」

「オマエ、伝説ノ勇者ニ違イナイ。オマエ、アタシノ家ニコイ。パワーストーン、授ケル」

「いや、だから僕は……」

「伝説ノ勇者ハ、コノ星ノ女カラ、スゴクモテルゾ」

「そうです、僕が伝説の勇者です」

こうして僕はパワーストーンなる不思議な石で造られたネックレスを授けられる。そのネックレスを身に着けたとたん、急に女性にモテるようになり、宝くじに高額当せんし、両親に箱根の別荘をプレゼントすることもできました！　このネックレスにはとても感謝しています！

そんな宇宙に対するかなり偏った妄想を膨らませながら、僕は宇宙船へと飛び乗った。

さて、どんな素敵な宇宙旅行が待ち受けているのだろうか。コックピットのシャッターが開く。そこにはこの宇宙船のパイロットであるアンドロイドが乗っており、乗客である僕たちにこう自己紹介をしてきた。

「やあ！ 僕の名前は、キャプテンレックス！ 皆さん、初めてのフライトでしょう？ 実は……僕も初めてなんです」

「え？」僕は耳を疑う。

「でも大丈夫」僕の不安をよそに、キャプテンレックスと名乗るパイロットはこう続けた。

「旅は安全な航行が予想されていますから」

なんという不安感なのであろうか。これは完全にフラグが立っているではないか。ホラー映画において「ちょっとオレ、外の様子を見てくる」と言ったやつが必ずゾンビに襲われて死ぬように、転校初日において「いっけなーい！ 完全に遅刻だわ！」と言いながらトーストを口にくわえて走って登校する女子が必ず曲がり角でサッカー部員とぶつかるように、飲み会の席において「今度、バーベキューやろうよ」と言い出すやつは必ずそのバーベキューを実行しないように、宇宙旅行において「初めてのフライトだけど大丈夫。安全です」とパイロットが発言するということは、すなわちこれから先、危険な旅が待ち構えている、ということである。

その悪い予感は、的中した。

宇宙飛行開始早々に、「わあ〜！　コースが違うぞ！　ブレーキ！　ブレーキ！」と騒ぎ出すパイロット。なんとかことなきを得たかと思えば「えへへ、コースをズレたのは、近道ってことで」と、パイロットとしての責任感ゼロのふてぶてしい発言。そしてすぐさま「わあ〜！　あれはなんだ!?　す、彗星だあ！　ぶつかるぅ！」とまたしてもすみやかにパニックに陥る。こんなにも露骨にコックピット内部の混乱が乗客の耳にしっかりと届いてくるとは。不安が高まる乗客に対してパイロットは「しっかりつかまってよ！　シートベルト、つけてるでしょう？」と、逆ギレまでしてくる始末。彗星をなんとか回避したかと思うと、今度は「しまったあ、トラクタービームだぁ……」と突然の業界用語。どうやら戦闘区域に迷い込んでしまったらしい。ボロボロになりながらもなんとかスタースピーダー３０００は宇宙空港へと帰還してくる。あれ？　森の惑星は？　未知なる女性宇宙人は？　宝くじが当たるネックレスは？　僕の疑問をよそに、パイロットは早々とコックピットのシャッターを閉めながら、こう言い捨てた。

「ね？　だから、初めてのフライトだって言ったでしょ？」

なんということであろうか。あやうく宇宙の藻屑《もくず》と化すところであったのに、「初めてのフライト」という理由で、アンドロイドにすべてを丸く収められてしまった。「初めてのフライトだから、操縦が下手」。こんな単純明快なことをしれっと言われたら、こっちとしてはなにも言い返せないではないか。言い捨てて、シャッターを閉めるところもズルい。なんて華麗な逃げ方なんだ。

僕はここで、ハッと思いついた。

もし今度、父に家を散乱させたことを「なんでお前はこうなんだ」と咎められたら、こう弁明しよう。

「家にいる時間がこんなに長いのは初めてだから、生活が下手なんです」

僕は、初めて「家」というものに向かい合っているんだ。だから、どうしても不器用さが目立ってしまうんだ。

僕は、いま現在の、このモラトリアムな時間、そのすべてが「初めて」なんだ。

それを父に説明すれば、少しは納得してくれるだろうか。納得してくれなかったとしても、心のシャッターを下ろしてしまえば、なんとか逃げ切れるだろうか。

いやいやいや。かぶりをふる。逃げ切れるわけがない。宇宙旅行は一回きりでも、家族は永遠に続くものなのだから。

でも、せめて家に帰ったら、自分の服くらいはたたもうと思った。上手くたためなくても「ね？　だから初めて服をたたんだって言ったでしょ？」と言い訳しよう。

それくらいなら、きっと許してくれるはずだ。

※

ひとりでの王国遊びにも慣れた頃。あることに気がついた。

冷静に辺りを見回すと、この王国には僕以外にも、そこかしこに「ひとり」で入国している大人たちがたくさんいる。彼らがどういった理由で、この王国にひとりで遊びにくることになったのか、その理由を知りたい。

しかし、僕は彼らに話しかけない。僕がこの王国で誰にも話しかけてほしくないのと同じで、彼らもまた、誰からも話しかけられたくはないだろう。

この王国では、ひとりで入国したゲストのことを「おひとりさま」などという無体な言葉では呼ばない。「シングルライダー」という王国特有の呼称が与えられる。スラングではなく、王国オフィシャルの名称である。

「シングルライダー」。なんと立派な名称なのだろうか。名刺の肩書にしたいくらいである。年収がゼロ円で細かいキズが無数についているメガネをかけているだけの僕も、ここでは「シングルライダー」なのだ。地球の平和のひとつやふたつ、守りたくなるような名前ではないか、「シングルライダー」。

しかもこの「シングルライダー」、アトラクションによっては、長い列に並ばなくとも優先的に搭乗することができる。ちょっとしたVIP扱いだ。

「シンデレラ城ミステリーツアー」で高々と手を上げていた彼もまた、明らかに「シングルライダー」であった。


「シンデレラ城ミステリーツアー」は、この王国には珍しい、歩行式のアトラクションである。「シンデレラ城の中を探検しましょう！」というガイドの触れ込みに誘われ、「シンデレラのお城って、どんなところかな？　きっと素敵なパーティーが開かれていて、憧れのシンデレラとも会うことができるはず！」などと夢想して入城すると、中にはシンデレラの姿などなく、邪悪なドラゴンや魔女、果てはゴブリンなどがただただ入場者にメンチを切ってくるという、美人局《つつもたせ》みたいなアトラクションである。

ガイドに先導され、ゲストグループは真っ暗な城の中を歩く。

「見てください！　きれいな宝石がたくさんあります！」

などとガイドは場を盛り上げる。かと思うと、

「こんなに宝石があるんだから、ひとつくらい持って帰っても……」

とたくさんの人の前でガイドは万引き主婦みたいな発言をし、宝石を盗もうとする。そして、

「大変！　この宝石は、あそこで眠っているドラゴンのものだったんだ！　私が宝石に触ったことで、ドラゴンが怒り、目を覚ましてしまった！」

と絶叫する。実に情緒不安定である。

基本的には、ガイドがひとりで騒いだり慌てふためいたりする様子を半笑いで楽しむアトラクション。それが「シンデレラ城ミステリーツアー」なのだが、気を抜いて参加してはいけない。このツアー、終盤にさしかかったところで突如としてゲスト参加コーナーが現れる。

重々しい扉が立ちはだかる。その扉が開かれた先には、「ホーンド・キング」という名の、ラスボス的なバケモノが、死者の復活を企てるべく邪悪な鍋を煮えたぎらせている。このラスボスを打ち負かすには、「正義の剣」なるものを振るわなければいけない。その「正義の

剣」は、勇気のある者にしか使えない。

そこまで説明を終えると、ガイドは「どなたかこの中で、勇気のある方はいませんか？どなたか！　勇気のある方！」と勇者を募り始める。

なんという募集だろう、と僕は思った。「どなたかこの中で、お医者さんはいませんか？」というセリフならドラマの中で聞いたことはあったが、まさか「どなたかこの中で、勇気のある方はいませんか？」とは。

「私は、勇気がある」。そんな自己認識で生きている人間が、果たしてこの世に何人いるのであろうか。

少なくとも僕は、弱い人間である。ヤンキーが電車に乗ってくるだけでさっきまで読んでいた文庫本の内容がまったく頭に入ってこなくなり、高速道路にボロ布が落ちているだけで「タヌキの死骸かと思った！」とビクビクし、図書館から借りた本を少し汚しただけで「司書さんに怒られる……」という不安に襲われなにを食べても味がしなくなる。そんな弱い人間である。

僕だけではないはずだ。人は、どこかに弱さを抱えて生きている。「私は、勇気がある」と堂々と胸を張って答えられる人間など、そう簡単にいるとは思えない。

ガイドの呼びかけに対して手が上がることはないだろう。「どなたか！　勇気のある方！」と声を張り上げるガイドに対して、僕は冷ややかな目線を送った。

するど、予想外の景色が広がった。まるで菜の花が春を待ちわびていたかのように、たくさんの挙手が咲き誇ったのである。天井に向かってピンと伸びた片腕。「そうです、私が勇気のある人間です」とでも言いたげな、実に力強い挙手ばかりである。そしてそのどれもが、子どもによるものであった。

なるほど。僕は納得する。子どもならしかたがない。生まれてまだ数年しか経っていない彼らは、自分のことを「選ばれた人間」と錯覚している節がある。そう、彼らは自分に自信を持っている。人生においてまだ挫折を味わったことがないのだから、これは当然といえば当然のことである。

ひまを持てあました昼下がり、公園のベンチで近所の子どもたちが遊ぶ様子をぼんやりと眺めていれば、彼らがいかに高いステージで生きているかがわかる。ホースでアリの巣に水を入れたり、モンシロチョウを水で濡らして乾かして「また飛ばないかなあ」などと勝手なことを言ったり、友だちの目に砂だんごを投げつけて、なぜか投げたほうが大号泣したり。「神か」と思わずにはいられないほどの自由なふるまいである。

全知全能を司った気になっている小さな生き物、それが子どもだ。そんな彼らが躊躇もなく勇者に立候補することは、ごく自然なことであるように思う。

小さな腕が「我こそが勇者なり」と挙手する姿を、僕も、そして他の大人たちも、微笑ましく眺める。カルガモの親子が道路を横断している様子を見守っているような、平和的で柔らかな空気がグループ内に漂う。


そのときである。一本の太く毛深い山芋のような腕が上がった。大人、それも中年男性の腕である。見ればその男は、道路に落ちている乾いた軍手を無理やり擬人化させたかのような小汚い風貌をしていた。僕と同じ種類の匂いがした。

連れ合いはおらず、「オレを指名しろよ……」とガムを噛み、ひとりごとを吐きながら挙手する彼は、「シングルライダー」であった。彼が勇者選挙に名乗りを上げたことで、まるで道路を横断していたカルガモの親子が突然トラックで轢《ひ》かれたかのような、異様な緊張感がグループ内に走った。

これは、まずい。

この空気を、なんとかしなくてはならない。

彼は、「シングルライダー」の道を外れてしまった男。僕は同じ「シングルライダー」として、彼を戒《いまし》めなければならない。

妙な使命感に駆られる。先ほどまで自らのことを弱い生き物だと認識し萎縮していたのがウソのように、身体の奥底から勇気が奮い立つのがわかった。

真の「シングルライダー」として覚醒した、と言ってもいいだろう。

さて、彼をどのように懲らしめてやればいいのだろうか。

僕は決意した。態度で示そう。目には目を。歯には歯を。そして、挙手には、挙手を。

僕は勇者に名乗りを上げるべく、自らの腕を大きく上へと突き上げた。僕が勇者になることで、あの中年男性が勇者になる道を断つ。まさに自らを犠牲にした決死の行動である。

子どもたちが手を上げる中で、子どもたちを押しのけて勇者に選ばれようとしている中肉中背の大人がふたり。グループ内の他の大人たちは、引きに引いていた。

しかし、彼と僕とでは、その挙手の持つ意味が違う。できれば「皆さん聞いてください。僕は勇者になりたいわけではないのです。僕は子どもたちに勇者になってほしい。でも見てください。あそこにいる中年男性も勇者になろうとしています。僕は彼のような周りの迷惑を顧みない中年男性を許すことはできない。彼への制裁の意味を込めて、僕はいま手を上げているのであります」と主張演説をしたいくらいである。

だがそんなことを始めては、

「うるせえ。どんな理屈だ」

「気が狂っている。あいつを倒せ」

「あいつこそ、正義の剣で斬ってしまえ」

「オレに剣を貸せ。オレが斬る」

となるおそれがあるので、僕は黙っている。正義はいつだって民衆に理解されない。

邪悪な腕と、善の腕。さあ、ガイドはどちらを選ぶのか。

普通に子どもが選ばれた。

まあ、そりゃそうであろう。ガイドは大人のことなどハナから眼中にないのである。中年男性との戦いはこれで終わった。あっけない幕切れではあったが、僕は安堵し、腕を下ろした。

扉を開けた先で現れたラスボスに、勇者に選ばれた子どもが正義の剣を振るう。見事悪は倒され、その子どもには勇気を讃えるメダルが授与された。中年男性はその様子を見てナチュラルに「ちっ」と舌打ちをしていた。僕はそれを見て「こいつ、マジか」と思った。

なにはともあれ、戦いは終了した。

に、思われた。

城内から外に出て、「さて次はどのアトラクションに」と思案を巡らせていると、先ほどの中年男性が目に入った。彼は、またすぐさま城の列へと並んだではないか。

まさか。「シングルライダー」としての勘が騒いだ。僕も列へと並び、彼と同じグループとして再び、「シンデレラ城ミステリーツアー」に参加した。そして、愕然とした。

彼は、また同じところで平然と手を上げているではないか。

こ、こいつはデリカシーを母親の胎内に忘れてきたのか。

このまま、やつを野放しにすることはできない。

「見てよパパ、僕、勇者のメダルをもらったよ」

「ははは、今夜はお祝いだ。ビーフシチューを食べよう」

「やったー。ねえパパ、帰ったら、レゴブロックをなめてもいいだろう？」

「ははは、勇者といっても、まだまだお前は子どもだな」

そんな家族の幸せな会話を生む場所、それがシンデレラ城。中年男性の「シングルライダー」が土足で踏み荒らして良い場所などではない。シンデレラ城の秩序を守るため、僕は正義の名のもとに、二度目の挙手をする。

そして、また、子どもが選ばれた。

これで終わるはずがなかった。こうして、彼と僕との、果てしない戦いが始まる。

城を出る。列に並ぶ。ガイドが勇者を募る。ふたりの大人が手を上げる。子どもが選ばれる。

城を出る。また列に並ぶ……。

それは、何度も何度も繰り返された。中年男性と、それを追いかける僕は、「シンデレラ城ミステリーツアー」に参加し、手を上げ続けた。誰も知らない戦いが、そこにはあった。

「このニセモノのシングルライダーめ。オレの目が黒いうちは、貴様のことを勇者になどさせん」

そんな僕の想いが通じたのか、彼が勇者に選ばれることは一度もなかった。そして、僕が選ばれることも一度もなかった。念のため言っておくが、この長い戦いの時間に、時給は一円たりとも発生していない。

時給も、メダルすらも、もらえないとわかっていながら、ふたりは手を上げ続ける。終わりの見えない戦いに僕は疲弊していた。最初に入城した頃には高いところにあった太陽も、もう姿を消そうとしていた。腕を上げるのも億劫になっていた。力を振りしぼって、それでも腕を上げる。すると、初めて中年男性の彼と目が合った。

「が・ん・ば・れ」

声は聞こえなかったが、口の動きで、挙手をしながら彼は僕にそう伝えてきた。

驚いた。彼もまた、いつの間にか、僕の存在に気づいていたのだろう。誰にも讃えられることのない戦いの中で、僕たちの間には変な友情が生まれようとしていた。

そしてまた、子どもが勇者に選ばれた。

外に出ると、王国にはすっかり夜の帳《とばり》が下りていた。

彼と、また目が合った。思っていたよりも、優しい目をしていた。

「……すっかり、暗くなってしまいましたね」

「お前、ガッツあるな」

「あなたこそ」

「飲みに、行くか」

「ええ、いいですね。もちろん、おじさんのおごりですよ」

「こいつぅ！」

「あはははは！」

自然とそんな会話が、始まるわけがない。

目が合って、そしてすぐに目をそらした僕らは、別々の方向を目指して無言で別れた。僕は、王国の出口へ。彼はおそらく、またシンデレラ城へ。戦いは、終わった。勝ちとか負けとか、もうどうだってよかった。生まれかけた友情は、いとも簡単に夜の闇へと崩れた。

僕たちは、「シングルライダー」。群れることを選ばなかった者たち。馴れ合うことなど、しなくていい。かっこよく言えば、そういうことだ。

知らない人と会話を続けるコミュニケーション力が、そもそも、ない。かっこよく言わなければ、そういうことだ。

シンデレラ城を見上げるたびに、僕は彼のことを想う。彼はきっといまでも、シンデレラ城の中で、手を上げ続けているのだろう。

※

その日、王国はいつにも増して大勢の人でにぎわっていた。

盛夏にはまだ幾らか早い時期だというにもかかわらず、太陽は「合唱コンクールの練習中の学級委員長か」というくらいに張り切り、強烈な陽を王国中の人々に射し続けていた。

世間はもう夏休み。

この季節、王国には地方からの来国者がどっと押し寄せる。王国中に、方言が咲き乱れる。「だべ」「だが」「たい」「とんが」、多様にして独特な語尾が僕の耳に流れ込んでくる。「だべ」や「だが」の牧歌的な響きに癒され、「たい」の妙な色気に心を薄紫色にし、「とんが」の出身不明さにおびえながら、僕は「ビーバーブラザーズのカヌー探険」を目指して人波をかきわけ歩いていた。

「ビーバーブラザーズのカヌー探険」は、仲間と力を合わせてカヌーを漕ぎ進める、王国唯一の人力アトラクションだ。「仲間」とは、つまりたまたまそのカヌーに乗り合わせた見知らぬ人たちである。その日初めて出会った人々と心をひとつにしてカヌー漕ぎに汗を流す。しかもこの時期は地方の人ばかり。

「諦めちゃダメだべ！」

「オラがサポートすっぺ！」

「がんばっていきまっしょい！」

的なかけ声をあげて、ゴールを目指す。こんなにも青春の一ページ的な光景、他にあるだろうか。

僕もこのいつ終わるともしれない長い「夏休み」の中で、少しは素敵な思い出を作りたい。見知らぬ人たちと、ささやかな思い出を作りたい。僕の性根や人となりを一切知らない人たちと、一瞬の思い出を作りたい。ビバ！　他人！　ビバ！　その場かぎりのあと腐れのない関係！

テンション高く足早にカヌーの船着き場へと向かっていた、そのときである。

「あれ？　ねえ、なんでこんなところに、ひとりでいるの？」

「スプラッシュ・マウンテン」の前。とてもきれいな標準語で、僕を呼び止める声がした。

その声を聞いた瞬間、僕は「とても悪いこと」が発生したことを直感し、おそるおそる声のする方向へと振り向いた。

「久しぶり！　誰と来てるの？」

そこには僕と同じ年頃の女性が三人立っていた。そしてその中のひとり、声の主の顔を認めた瞬間、僕は思わず「うっ」とうめきそうになった。彼女は、高校時代の、クラスメイトであった。

たしか三年生のとき、彼女とは一度だけ席替えで隣同士になったことがあった。といっても、彼女と僕はさほど仲が良かったわけではない。高校時代に彼女と交わした会話を思い出そうにも「次の授業、視聴覚室だってさ」「プールのあとって、眠いよね」「どうして学校の図書室って、『火の鳥』と『はだしのゲン』だけは必ず置いてあるんだろうね」といったような無味無臭なやつしか思い出せない。つまり、顔見知り以上でも以下でもない関係。もちろん、卒業後は一度も会っていない。というより、高校時代の女子となんて彼女にかぎらず、誰とも会っていない。

それなのに、こんなところで会ってしまうだなんて。

僕は、先ほどの直感が間違っていなかったことを確信し、背中に氷のような汗を走らせた。

この王国へひとりで訪れている最中、僕が最も恐れていたこと。考えうる中で、最悪の事態。それは「知り合いに見られてしまう」ことである。

この王国は、懐が深い。自由の国だ。だから、ひとりでの来国者も、三人の女子グループも、一五人の大家族（子どもは全員うしろ髪を伸ばしている）も、一〇〇人の団体だって、この王国は拒まない。しかし、多くの来国者はある先入観を持っている。それは「この王国に遊びにくる者は、必ず誰かと一緒である」という先入観だ。

これは僕にとって実に厄介な観念である。この人々の思い込みから、ひとりでそぞろ歩く僕は、王国中の群衆から奇異なるものを見るような眼差しをいつも向けられていた。

とはいえ群衆は所詮、他人である。「おい、キミ。まさかひとりでこの王国に……？」と咎めてくる人など、誰もいない。そこには他人同士の距離感が存在し、その距離感があることで僕は今日もこの王国へと遊びにくることができていた。

しかし、いま僕に話しかけてきたのは、紛れもない「知り合い」である。

彼女にはいま、僕に対して質問をぶつける権利が与えられている。他人には持ちえない、知り合いにのみ許された権利だ。誰と来ているのか？　まさか、ひとりで来ているのか？　ひとりで来ているとするならば、もしやあなたは痛いタイプの人間か？　僕にとってはマシンガンの銃撃に近い質問を彼女は浴びせかけてくるだろう。そして虫の息になった僕を横目に、彼女は知り合いという知り合いに「あいつ、ひとりで王国にいたよ。怖い。腐ったフナみたいな目をしていた。勘だけど、最近地元で噂の下着泥棒ってあいつのことだと思う」などといった内容のメールを一斉送信し、僕の息の根を止めるかもしれない。

それだけは、避けなくてはならない。

なんとしても、この場を切り抜けなければならない。

「ねえ？　誰と来ているの？」

屈託のない笑顔を浮かべながら彼女は僕の返答を待っていた。

「……ああ、久しぶり。今日はね、付き合っている人と来ているんだ。その付き合っている人は、ミニスカートをはいているのさ」

慎重に言葉を選んだつもりだったが、思わず「付き合っている人」というフレーズを採用してしまった。「付き合っている人」って。なんて遠まわしな説明だろうか。「彼女」でいいではないか。これでは、母親を紹介するときに「僕を産み落とした人」とわざわざ言い換えるようなものである。しかも「ミニスカートをはいている」という、誰も得しないプチ情報まで添えてしまった。架空の恋人をでっちあげる緊張感から、日本語が下手になっている。

焦るな。自分よ、焦るんじゃない。固唾《かたず》を飲んで、彼女の出方をうかがう。

「へー、付き合っている人！　彼女いるんだね！」

いない。

「その子は、どこにいるの？」

そう言って、辺りを見回す彼女。

他のふたりの女子は、最初から僕に対して無関心な表情を露骨にキープしていたが、丁寧にも彼女に付き合っている。いいから早く三人まとめてどっかに行ってくれないだろうか。

このコミュニケーションを試合放棄したい念に駆られながらも、僕は質問に答える。

「彼女はいま、ジュースを買いに行ってるんだ。のどが渇いた僕のためにね。ははははは！」

またしても返答を間違えた。笑うようなタイミングではないのに、笑ってしまった。

チラッと彼女たちの顔を見る。明らかに「あれ、この人、感情狂ってない？」みたいな怪訝な表情を浮かべている。それでもなお、会話は続く。

「……へー。そうなんだ。その子、きみのことが好きなんだね！」

ジュースを僕のために買いに走ってくれるくらいなんだから、そうなんだろう。まあ、その子自体が、この世に存在しないのだが……。

「ねえ、ところで最近きみは、なにをやってるの？　どっかに就職した？」

痛いところばかり突いてくる。「最近、なにやってるの？」と問われたら、それはもう「毎日この王国に遊びにきています」ということになるだろう。しかしそんなことを答えたら、彼女は「え？　なんで？」と訝《いぶか》しんでくるに違いない。そして僕はその質問に「自分を変えたくて……」と答える他ない。自爆だ。浦安のテーマパークで自分探しをしている男。それだけは知られたくない。よし、ここは、質問返しだ。

「きみこそ、なにをしてるんだい？」

うん、いいぞ。上手く質問を受け流せた。

「あたし？　あたしはねー、普通に会社員をやってる。この子たちも、同じ会社の同期の子たちなんだ」

そう彼女が言うと、他のふたりが僕に向かって軽い会釈を送ってきた。僕は動揺する。

会社員？　いま、会社員って言ったのか？　ってことは、あれか？　きみは給湯室で上司の悪口を言ったり、ランチタイムに春雨スープを飲んだりしてるのか？　きみは大人の世界にしか生息していないと言われる、あの会社員なのか？　僕と同い年のきみが、会社員になったと言うのか？

彼女はずっと前に、もう「大人」の世界の住民になっていたのだ。さっきまで背伸びしながら会話をしていた自分が、急に稚拙《ちせつ》なものに思えた。

「か、彼氏とかいないの？」

動揺と焦りとがないまぜになって、僕の口からそんな唐突な質問が飛び出した。必死で彼女に勝てるところを探していたのだ。

僕には、恋人がいる。いや、いないんだけど、この場ではいるということになっている。

さあ、きみは恋人がいるのか？　いなければ、僕の勝ちだ！

「え？　彼氏？　ううん、いまはいないよ」

勝った！　厳密に言うと、全然勝ってないけど、勝った！　ありがとう、僕の架空の恋人！　想像上のミニスカートをはいて、机上の空論であるジュースを買いに走っている、僕の架空の恋人！

僕は、僕にしか聞こえぬ喝采の拍手に包まれる。すると彼女がこんなことを言ってきた。

「でもさー、ここってカップルで来ると、別れるっていう噂があるじゃん？　気をつけてね」

きっと彼女は、日本語が不安定だったり、突然笑い声を上げたり、「彼氏の有無」を会話の流れ無視で聞いてくるゾウリムシみたいな男との会話を、もう切り上げるつもりだったのだろう。

しかし、このときの僕は、彼女のその発言を「負け惜しみ」と受け取った。ここは大量得点のチャンス、畳み掛けるしかない。彼女が「じゃあね」と別れの挨拶を続けようとするのを遮り、僕は一気にまくし立てた。

「ああ、そういう噂、あるよね。それってつまり、長い待ち時間の間に会話がなくなるから、っていうのを根拠にした噂だよね。でもさでもさ、待ち時間くらいで会話がなくなるってことは、つまり最初からそんなに話の合わないカップルだった、ってことだよね？　ここに来なくても、いずれは別れるカップルだったたってことでしょ？　それをここのせいにするっていうのは、どうなのかなあ？　ねえ、どうなんだろう？」

ツバを飛ばしながら演説めいた主張を早口で展開し出した僕に対して、彼女はあからさまな引きつり笑いを浮かべる。そしてそれをなんとか押し殺しつつ「そ、そうだね。……あ、あたしたち、これから『スプラッシュ・マウンテン』に乗るんだ！　彼女さんによろしくね。じゃあね！」と言って、その場から立ち去って行った。

取り残された僕の身体はひと試合を終えたスポーツ選手のように火照っていた。そして、カヌーを漕ぐ気力もなくなり、近くのベンチに座った。

いましがたの彼女とのやり取りを反芻《はんすう》して、途方もない後悔に襲われた。顔が赤く上気するのがわかった。

どのくらいそうしていただろうか。目の前の「スプラッシュ・マウンテン」を見上げると、ボートに乗った乗客が歓声をあげ両手を上げて滝を滑っていた。その乗客の中に、彼女たち三人の姿があった。滝つぼから上がる水しぶきに顔を濡らしていた。

「頭から水をかぶって、大声をあげたいのはこっちのほうだ」

時計を見たら、まだ午前中だった。

※

夏といえば、海、山、そして田舎への帰省である。

「ただいまー！」と玄関で声を響かせる。祖母が三角のスイカを盆にのせて出迎えてくれる。懐かしい蚊取り線香の香り。遠くで聴こえる蟬の合唱。すると虫網を持った、ひとつ年上のいとこであるケン兄が「おかえり！　大きいクワガタを見せてやるよ！」と廊下の奥から顔をのぞかせる。リュックを畳に放り投げて、僕とケン兄は裏山へと走る……。

以上、すべて妄想である。東京生まれ東京育ちの僕に、田舎はない。ケン兄という親戚もいない。

一九八三年四月。浦安に、かの王国は建立された。そして同じ年に、僕は生まれた。東京原住民である僕は、幼き頃、夏が来るたびに海でも山でも田舎でもなく、母親に手を引かれて王国に連れてこられた。

いわば、王国こそが僕の田舎であった、と言えなくもない。

王国には、僕のいとこがいる。

正確には、僕にとっての「いとこのケン兄」的な存在のアトラクションがある。

「魅惑のチキルーム」である。

アドベンチャーランドのジャングル奥深くに潜む、一軒の家。王国には珍しい、質素なたたずまい。まるで雑木林を抜けた先にある「母方の実家」のごとき外観。それが「魅惑のチキルーム」だ。

中に入ると、まず出迎えてくれるのは、二羽の鳥。彼らは、楽しいお喋りを繰り広げる。それはまるで玄関先で出迎えてくれた祖母の「隣の家のえっちゃんは、去年よその村へ嫁いだ」「春にうちの軒先にスズメバチが巣を作って大変だった」「消防団をやってる田村さんが村祭りで餅を四六個も食べた」的な、柔和なトークに重なる。

やがて二羽の鳥は、奥の部屋へと進むように促す。その部屋こそが、「チキルーム」。たくさんの鳥や花たちが、ハワイアンミュージックを歌い、僕を出迎えてくれる。カラフルな色彩の中で展開されるその宴は、お盆の鮮やかな灯籠の中で行われる親戚一同の夕食を想起させる。

そう、包容力。このアトラクションは、「田舎の実家」にも似た、圧倒的な包容力を持っていた。

鳥と花が歌う。ただそれだけの、誰も傷つけない、永遠に平和な世界。誰をも平等に優しく包み込んでくれるアトラクション、それが「魅惑のチキルーム」。

幼き日の僕は「魅惑のチキルーム」に足を踏み入れるたびに、「おかえり」と言われたような安らぎの心地をおぼえていた。そして、必ず去り際には静まった鳥たちの部屋を振り返っていた。「歌が聴きたくなったら、またおいで」とほほえんでいるような、優しい薄闇がそこには広がっていた。それはまるでいとこのケン兄が「クワガタがほしかったら、また来いよな」とほほえんでいるようでもあった。

僕は、母親にせがんで、王国に行くたびに「魅惑のチキルーム」に顔を出していた。「ケン兄」に会うために。「ケン兄」的な雰囲気に、会うために。


それから幾年が経ち、僕は高校生になった。僕はもう、王国には行かなくなっていた。「魅惑のチキルーム」のことも、そこにいる「ケン兄」的雰囲気のことも、すっかり忘れていた。

高校生活も終わりを告げようとする頃、千葉方面への卒業バス遠足が催された。行き先は選択制で、「王国」か「イチゴ狩り」かが選べた。僕は迷わず、イチゴ狩りを選び、コンデンスミルクでただ指をベタベタにした以外にはなんの思い出も作れずに帰りのバスに乗り込んだ。

途中、バスは舞浜駅前に停まった。王国へ遠足に行っていた同級生たちが乗り合わせてくる。合流した級友たちとシートに揺られながら、ポツポツと互いの今日の遠足のことを話し合った。やれシンデレラ城は意外と低かっただ、やれイチゴが赤かっただ、やれ「スペース・マウンテン」は思いのほか速かっただ、やれイチゴが甘かっただと報告し合い、イチゴ狩りチームのほうが全然トピックが少ないことに皆気づき始めた頃、王国の遠足に参加したひとりの級友が、突然にこんなことを言い出した。

「そう言えば『魅惑のチキルーム』ってアトラクションに入ったんだけど、これが変なアトラクションだった」

その瞬間に、幼子だった頃の「魅惑のチキルーム」の記憶がパッと鮮明によみがえった。そこにあふれる幸せな空気感を瞼《まぶた》の裏で再現し、懐かしい気持ちになった。そして、すぐさま級友の言葉に引っかかりをおぼえた。

「変」？

たしかに「魅惑のチキルーム」は刺激の少ないアトフクションではあるが、「変」と言われるような代物ではない。級友にくってかかりたい気持ちを抑えて、いったいどこが変だったのかを問いただすと、衝撃の事実が判明した。

「『魅惑のチキルーム』は、最近リニューアルをして『魅惑のチキルーム〝ゲット・ザ・フィーバー〟』という名前になったらしい」

「中に入ると、二羽の鳥が、ラップを歌っていた」

「奥の部屋ではたくさんの鳥や花が、ロックやポップスを歌っていた」

信じられなかった。

〝ゲット・ザ・フィーバー〟って、なんだ。とってつけたようなカタカナ英語。田舎の高校生が思いつきで前髪にメッシュを入れたような感じではないか。

ラップって、なんだ。なぜ唐突に現代の若者にゴマをするような真似を。田舎の高校生が見よう見まねで下手なラップを練習している、そんな場面を想像した。

ロックやポップスって、なんだ。ハワイアンミュージックを歌っていたのではないのか。地域に根ざした歌を愛していたではないか。田舎の高校生が突然地元の盆踊りに参加しなくなり、通販で買ったエレキギターを弾いてひとり教室で悦に入っている姿が浮かんだ。

その「田舎の高校生」とは、つまりケン兄のことであった。

ああ、ケン兄よ。会ったこともなければ、僕の頭の中にしか存在しない、ケン兄よ。お前は田舎でくすぶっているうちに、そんなことになっていたのか。僕は、そんなケン兄は嫌いだ。もう会いたくない。お前の村は、ダムに沈めばいい。

僕は級友の「チキルーム」に関する話を聞き、落胆した。そして、一抹の切なさをおぼえた。

もう、僕の知っている「魅惑のチキルーム」は、存在しない。小麦色の顔で僕を出迎えてくれたケン兄も、もういない。ケン兄は、スクーターをノーヘルで乗ったり、ボブ・マーリーのポスターを部屋に貼ったり、ただエロい以外に取り柄のない女と付き合ったりしている。「魅惑のチキルーム」は、僕にとって、ちっとも魅惑を感じさせない部屋になってしまった。


それから、さらに数年後。つまり、いま。僕は、毎日のように王国に通っている。そして、ついにあそこへ入る決心がついた。

「魅惑のチキルーム：スティッチ・プレゼンツ〝アロハ・エ・コモ・マイ〟」

つい先日のこと。「魅惑のチキルーム」は二度目のリニューアルを施された。この王国において、二度もリニューアルの手が入ったのは、この「魅惑のチキルーム」以外にない。まるで一回地元の靴流通センターに就職するも長続きせず、結局は実家の酒屋を継ぐ田舎の親戚みたいである。

やはり、「魅惑のチキルーム」には、ケン兄がいる。

ケン兄は、いったいどうなったのだろうか。「ゲット・ザ・フィーバー」以上に長くなった副題に不安を抱きつつ、おそるおそる奥の部屋へと歩を進める。

だが。ショーが始まると同時に、不安は感動へと変わった。

鳥たちが、花たちが、僕のあの幼き日の記憶と同じように、ハワイアンミュージックを高らかに歌っていた。ケン兄は、色々と道を踏み外したけど、いまは実家の酒屋で腰を落ち着けて仕事に打ち込んでいるんだ。そう確信した。

思わず、涙腺が緩んだ。

しかし。そのときである。舞台中央から、鳥でも花でもない、青い生き物がせり上がってきた。

スティッチであった。

スティッチとは、コアラにも似た青い宇宙人で、ここ最近の王国で流行のキャラクターである。数年前に登場したスティッチは、新参者でありながらも子どもたちから絶大な人気を獲得していた。

そのスティッチが、ステージの後半に登場し、諸先輩である鳥や花を差し置いて、ウクレレでワンマンショーを展開し出したではないか。

おいおい、スティッチよ。キミのことは、お呼びでないのだよ。ここは、鳥が主役なのだ。

でしゃばらないで、すっこんでいなさい。そうだ、鳥たちよ。ここは怒るべきだ。スティッチをつつきなさい。場合によっては、目玉をほじくったっていい。さあ、行け、鳥たちよ！目を狙え、目を！

突然の邪魔者を排除させるべく、僕は鳥たちの様子をうかがった。するとそこには、思いがけないショッキングな光景が広がっていた。鳥たちが、まるでスティッチのサポートメンバーよろしく、コーラスに徹しているのである。そして主役の座をやすやすと手に入れたスティッチは気持ち良さそうに一曲まるまる歌うと、スターが出番を終えたかのように悠然と帰っていった。

僕は、あっけにとられた。その頭上で鳥たちがなにかを囁《ささや》いていた。

「やっぱり、スティッチさんは最高でゲスよ」

「スティッチさんあっての、チキルームでゲスよ」

そんなことを、囁いているような気がした。

飛ぶ鳥を落とす勢いの、スティッチ。その勢いに落とされた、鳥。落とされて、なおも媚びへつらう、鳥。

僕は、ケン兄が地元の権力者である議員の靴をなめ、その議員の息子である小学生にクワガタを渡しペコペコして「どうぞ次期選挙当選の暁には、祝賀会でうちの酒屋の日本酒を使ってください、へへ」と媚びている瞬間を見てしまったような、嫌な気持ちがした。もうケン兄があのクワガタを僕にくれることはないし、もう帰るべき「魅惑のチキルーム」もないのだと、ようやく僕は気がついた。

遠くで蟬が鳴いたような気がしたが、それは「ウエスタンリバー鉄道」の汽笛の音であった。

※

学芸会を控え、各クラスの気持ちが浮き立つ秋。僕は小学四年生だった。それは人間にとって最もアバウトな時期である。

月曜日はワックス塗り立ての学校の廊下を靴下でツツツと滑ることに興じ、最終的に後頭部を床面に強打する。

火曜日は教室に入り込んだハエを上手に窓の外へ逃がし、隣の席の友人に対してこれ以上ない得意げな表情を浮かべる。

水曜日はとにかくポケットをバッタでパンパンにする。

木曜日は帰宅後にリビングで『フルハウス』の再放送を眺めながらハッピーターンを惰性のみで食べる。

金曜日は給食中に小エビが喉に張りつき、終わりが見えないくらいむせる。

土曜日はミニ四駆を、ただいじる。

日曜日はツツジの花の蜜を吸ったりしたのち、やっぱりミニ四駆をいじる。

かようなアバウトさ。酸素を吸い、水を飲み、その他の余白の時間は、ダジャレを言ったり生き物を飼ったり殺したりして、適当に埋める。人生の中で記憶が一番おぼろげな時期。

それが小学四年生だ。


そんなアバウトな小学四年生の時分であったのにもかかわらず、あの日の学級会の記憶だけはしっかりと残っている。

その日、我がクラスは学芸会の演目「白雪姫」の配役決めを学級会内にて行っていた。

学級会は最初、いつもと同じ和やかな雰囲気で始まった。しかし主役の白雪姫役が、クラス一番の美人である三原さんに決定した瞬間、空気が変わった。クラス中の男子が、内なる欲望を発露させ、ギラつき始めたのだ。

学級委員長が「では続いて、王子様役をやりたい男子？」と立候補を募ると、次々と男子たちの手が上がった。

「オレが、王子様役をやる」

「オレが、毒りんごを食べた三原さんにキスをする」

「オレが、三原さんと歌い、ダンスをする」

「オレが、三原さんを（劇中で）幸せにする」

普段はトレーナーに墨汁をこぼしたりしているだけの男子たちが、このときばかりは恐ろしいまでの積極性を見せた。「では、立候補者は前へ」と促され、黒板前に立った男子たちは皆、血走った目をしていた。

その中に、もちろん僕もいた。

「では、右の人から順番に、『自分が最も王子様役にふさわしい』ということを自己アピールしてください」

配役決めは「各自の自己アピール→クラス全員による多数決」によって行われた。先ほどの三原さんは「みんながやれって言うから……」という、花も恥じらうような自己アピールをしたのち、満場一致で白雪姫の座に迎え入れられていた。

「僕はスイミング教室に通っています。クロールなら誰にも負けません」

自己アピールタイムが始まった。一番手の工藤くんは、「王子様」とはまったくリンクしなさそうな水泳自慢に終始したスピーチを行った。「工藤は敵じゃないな」。そんな空気が王子様役立候補者たちの間に流れる。

僕は五番手であった。自分の番が回ってくるまでの間に、決定打となるような自己アピールを考えなくては。

「僕はプリンが大好きです。だから、プリンス役にはぴったりだと思います」

二番手の浅賀くんは、お得意のダジャレを絡めたアピールを披露した。さすがは浅賀くん。普段から「鳩がハッとした」「猫が寝ころんだ」などといった日常を切り取ったダジャレに定評のある男である。学期末の文集クラスページの「おもしろい人ランキング」で常に三位内にランクインされている浅賀くんの、その風格を漂わせるスピーチに、クラス中が唸《うな》った。

すると、三番手の郷田くんがその前に悠然と立ちはだかった。

「皆さん、僕の名前は郷田桜一郎です。さて、なにかに気づきませんか？」

クラス中が一瞬、ポカンとなる。郷田君はしかし、たじろぐこともなく不敵に笑ってこう言い放った。

「郷田はG。桜一郎はO。僕のイニシャルは、OGです」

一同が、息を呑んだ。

「そう、僕は『オージー』なのです！　これほどまでに王子にふさわしい男がいるでしょうか、皆さん！」

沈黙は、喝采へと変わった。郷田桜一郎、彼は「職員室でイジメが発覚したんだって。ショック、陰湿」「猫が寝ころんだ。でもキャットすぐに起キティしまうことだろう」などといった、言葉遊びを大きく飛躍させるダイナミックなダジャレに定評がある男である。その洗練された都会派のスピーチに、クラス中の拍手はいつまでも鳴りやまなかった。

そのときである。

「僕はピアノを習っているので、音感があります。歌には自信がありますし、ダンスも得意です」

四番手、君塚くんのスピーチによって、みんなの目が覚めた。

そうだ、これはダジャレ大会ではなく、王子様役を決めるオーディションだ。なにがプリンだ。なにがイニシャルだ。王子様に必要なのは、主役級のスキルだ。王子様は、君塚くんに決定だ！

他の立候補者たちが歯噛みする。さっきまでダジャレで場を席巻していた郷田くんが、いまは奈落の底で「恐ろしい子……！」とばかりに白目で君塚くんを睨んでいる。教室オーディションは、喰うか喰われるかのおぞましい世界へと姿を変えていた。

急速に君塚くんへの支持が高まったあとでも、オーディションは残酷に続いていく。

次にアピールタイムを控えた五番手の僕は、頭が真っ白になり泡を吹きそうになっていた。

「僕はうんこが好きです。でも、白雪姫はもっと好きです」

それがここまでの間に、僕が考えに考え抜き導き出した、ベストのスピーチ案であった。「うんこ」に込めた、最高のユーモア。小学四年生なら誰もが反応するワードである。そのユーモアのあとに、「白雪姫を愛することなら誰にも負けない」というメッセージをさりげなく込める。

至高のスピーチの誕生だ、と僕は勝利を確信していた。君塚くんが、地に足のついた自己アピールをするまでは。

終わった。君塚くんが、完全に「ギャグでの自己アピール」時代に終止符を打った。そして君塚くんが「そろそろみんな真面目に自己アピールしようよ」時代の幕開けを告げた。そんな中で「僕はうんこが好きです。でも、白雪姫はもっと好きです」などというコロコロコミック級の下品なスピーチをできるはずなど、ない。だいたい、よく考えたらうんこと白雪姫を比較するなんて、なにごとだ。こんなスピーチを披露してしまっては、三原さんから嫌われ、クラス中から軽蔑され、「うんこ好き」の烙印だけが残ってしまう。

僕は必死になって、頭をフル回転させた。なにか別の、真面目なスピーチ案を早急に用意しなければ！

君塚くんが作った流れに沿うならば、自分の持っているスキルを前面にアピールすべきであろう。しかし、王子様にふさわしいスキルなど僕は持っているのか？　答えは否だ。金曜日に上履きを履いたまま下校するスキルや、風邪で欠席した子の家にプリントを届けてその家のおばさんにヤクルトをもらうスキルなら卓越しているが、王子様としてのスキルなどなにも持ち合わせていない。

しかし、なにもスキルばかりを重視しなくてもよいのではないか。大切なのは、心意気である。なぜ自分は王子様役をやりたいのか。その想いを真摯《しんし》にぶつける。小手先ではないダイレクトな心の叫びをアピールし、三原さんとクラスメイトたちの心を動かすのである。

これしか、ない。

では、自分はなぜ王子様役をやりたいのか。己の心に問う。答えはすぐに出た。

「三原さんとキスシーンがやりたい」

これだ。しかし、

「キスがしたいです」

などと真っ向勝負のアピールをしたら、どうなるであろうか。クラス中が騒然となることであろう。「キス」という、突然飛び出した大人の世界の言葉に、ある者は貧血を起こし、ある者は三日三晩夜泣きが止まらなくなる可能性がある。「うんこ」「おしり」「鼻血」の世界で生きている小学四年生に「キス」はいささか刺激が強すぎる。

「キス」の言い方を、変えなければならない。

「口づけをしたいです」

ダメだ。より大人っぽさが高まってしまった。

「接吻がしたいです」

これもダメだ。小学四年生たちには少々難しい単語のうえ、なんだか響きがいやらしい。

「吻」の部分が特にいやらしい。

なんとかして「キス」を小学校高学年に向けた言い方にしなければ。しかし、語彙《ごい》がない。

いったいどうすれば!?「では次の人、アピールをどうぞ」。学級委員長にせかされた僕は、思案を巡らせたまま、次のようなスピーチを行った。

「えー、僕が王子様役になりたい理由は、三原さんと口吸いがしたいからです」

まず、教室が静まり返った。用務員さんが校庭で落ち葉を掃く「シャッシャ」という音だけが鮮明に聞こえてくるほどの、静けさだった。

しばしの静寂が続いたのち、教室内には女子たちの阿鼻叫喚が弾けた。

口吸い!?

口吸いって、なに!?

口を吸う、と書いて、口吸い⁉

どんな本を読んだら、そんな言葉を学習できるの⁉

父が読んでいた『ビッグコミックオリジナル』。その中年臭の煮こごりのようなマンガ雑誌を盗み読んだときに覚えた言葉、「口吸い」。ジョージ秋山の作品世界には欠かせない言葉かもしれないが、小学四年生にとって「口吸い」とは言葉のモンスターに他ならなかった。

窮地に追い込まれて、ふと口をついて出た言葉が、クラス中を混乱へと陥れている。状況が上手く飲み込めず、ただ羞恥と動揺とで耳の先まで熱い震えが伝っているのがわかり、それを悟られまいと僕は無理に半笑いを浮かべて立ちつくした。

三原さんが泣いていて、周りの子たちがそれを慰めている姿が目にうつった。

結局、王子様役には君塚くんが選ばれた。


その後も、他の役決めのオーディションは続いた。

白雪姫と王子様が決まったその後は、徐々に役のランクが下がっていく。僕はなんとか主要キャラの座を得ようと必死になる。

「背が低いことなら誰にも負けません」

七人のこびと役オーディションで、僕は口角泡を飛ばしながら熱弁をふるった。クラスで一番背の低い自分。背の順でいつも一番前の自分。「前へならえ」の際に、前にならうことができず、ただひとり腰に両手を当て「中」の字みたいになる自分。小さいことには人一倍自負のある自分。そんな自分が七人のこびと役に選ばれずして、いったい誰が選ばれるというのか。

おもいっきり、選ばれなかった。

七人いるこびとのうちの、どの役ももらえなかった。

浅賀くんや郷田くんは七人のこびと役に顔を揃えていた。僕より明らかに背が高いのに、である。表向きの理由は「こびとと言えば、コミカルさが重要であるから」ということであったが、実際は「とにかく口吸い野郎を白雪姫に近づけるな」というのがクラスメイトたちの本音であったことだろう。

それでも僕はめげず、果敢にオーディションに挑み続けた。

魔女役に立候補した。

「白雪姫に毒りんごを食べさせたい。いま言えるのはそれだけです」

落選した。

魔法の鏡役にも立候補した。

「白雪姫の居場所を魔女に密告したい。私は白雪姫の不幸を望む者です」

落選した。

魔女の手下の狩人役にも立候補した。

「白雪姫の心臓を狩りたいです。本気です」

落選した。

あんなにキスすることを熱望していた白雪姫に対して、いまは殺意を匂わせる発言を繰り返す、背の低い口吸い男。クラス中が気味悪がっていた。その空気は泥舟に等しかった。どんなにアピールしても落選させられる。最後に残された役は本筋とは関係のない、底辺ののばかりであった。

魔女が毒リンゴ作りをする際に鍋にブチ込むカエル役に僕は立候補した。ここを逃したくはない。セリフは「ゲロゲロ、熱いよ〜」だけであったが、舞台に立てるのであれば、もうなんでもいい。僕はなりふりかまわず、いかに自分がカエルにピッタリな男か猛アピールをした。

「遠足ではバスに乗るたびに、車酔いします！　『ゲロゲロ』と言うのは得意です！」

落選した。

カエル役には工藤くんが抜擢された。水泳が得意なことが評価されたのかもしれない。

その後の「ハゲタカ役」「森の木役」「井戸役」にも僕は落選し続けた。「井戸役」という、もはや無機物の役すら受からなかった自分に絶望した。そして残された役は、最後のひとつとなった。

豚役。

魔女の悪の手を逃れ、森に迷い込む白雪姫。その白雪姫を殺すように魔女から命じられた狩人。狩人は魔女から「白雪姫を殺した証拠に、彼女の心臓を持ってこい」というエゲツないオプションまで追加オーダーされていた。白雪姫の細い腕をとらえた狩人は、しかしそのいたいけな瞳に情が移り、彼女を逃がす。そして近くにいた豚を殺し、その豚の心臓を魔女のもとへと持って帰る。

その豚の役である。

学芸会史において、こんなにもヒエラルキーの低い役が存在しただろうか。

しかし、もう選択肢は残されていなかった。僕は迷いなく、その豚役に立候補した。当然、僕の手しか上がっていなかった。なんらかの役をすでに手に入れていたクラスメイト全員が、憐れみとも嘲りともとれる視線を僕に送っていた。

学芸会当日。僕は舞台上で「ブヒブヒ」と這いつくばり、狩人に自らのハツを捧げ、豚の屍を演じた。そして、そこでようやく確信を抱いた。

ああ、僕はもう二度と、「ここ」から這い上がれることはないんだろうなあ。

主役を照らすスポットライトから外れた舞台の隅の、ぼんやりとした闇の中で抱いたその確信は、当たっていた。

中学校では、不良にも優等生にもなれず。高校では、なにかに打ち込むわけでもなく帰宅部を全うして。あげく陽の当たらない夜間学校に進学し、そこを卒業後も社会から身を隠して生きる現在へと至る。僕はずっと「ここ」から這い上がれず這い上がろうともせず、生きていた。それは、主役になれない者の宿命であった。


あのとき、『ビッグコミックオリジナル』を読んでいなかったら。僕は「口吸い」という言葉を自身のボキャブラリー棚に保管することもなく、あの学級会を騒然とさせることもなかっただろう。となれば、三原さんとキスシーンを演じていたのは自分だったかもしれず、三原さんとはそれがきっかけで急接近、友人以上恋人未満の関係に発展、それから僕は野球部に入部して、三原さんは新体操部へ、双子の弟が死んだり甲子園で優勝したりがあったのち、ふたりは晴れてゴールイン、いまは幸せな家庭を築いています、近くにお立ち寄りの際は是非遊びに来てください。

みたいな、主役級の人生を歩んでいたかもしれない。

しかし、とかぶりを振る。『ビッグコミックオリジナル』があろうとなかろうと僕の人生は豚の道に通じていただろうし、そもそもいまさら『ビッグコミックオリジナル』に全責任を負わせるなんてそれこそナンセンスであるし、主役級の人生？　三原さんと結婚？　そんなものはファンタジーだよ、ファンタジー！　と、僕は夕暮れ迫るファンタジーランドを歩きながら絶叫を抑えていた。

ただ。

『ビッグコミックオリジナル』に罪はなくても、それを所有していた父に罪はあるんじゃないのか？　父があのマンガ誌を購読してなければ、僕はいま「ここ」にはいないんじゃないのか？

そんな子どもじみた逆恨みを、ファンタジーランドの煌びやかな光が優しく包む。

「ピーターパン空の旅」の入り口に掲げられたティンカーベルのステッキの先から、魔法の粉が舞い散れば、それが夜の訪れを王国に知らせる合図である。夜の王国で最も本領を発揮する場所、それがここ、ファンタジーランドだ。

「キャッスルカルーセル」が木馬を回す。「アリスのティーパーティー」は多幸感をたたえた輝きを放ち、イルミネーションたちがそれに呼応するかのように蛍のまたたきを繰り返す。それはまるで、引っくり返された宝石箱。人々は夜とも昼ともつかぬ光線の世界の中で、まるで絵本に迷い込んだかのような恍惚の表情を浮かべ、遊び呆けるのである。夏の夜の夢がそこにある。

このファンタジーランドこそ、王国の「真髄」を集約させた場所と言える。ファンタジーランド抜きに、王国は語れない。ファンタジーランドは、王国における主役である。

ここには、他のエリアにはない特徴がある。物語の世界に没入することのできるアトラクションが非常に多いのだ。人々はダンボとともに滑空し、ピーターパンとともにロンドンの街並みを空から見下ろし、ピノキオとともに冒険をする。それぞれの主人公本人が、その物語の水先案内人になってくれるのだ。なんて豪華。

しかし、そんな中において、ファンタジーランドには唯一、主人公不在のアトラクションが存在する。

アトラクション「白雪姫と七人のこびと」を待つ列に並び、ファンタジーランドの光に目を細めながら、僕はあの日の学芸会からの日々を思い起こしていた。

ずっと続く、脇役の日々。主役のライトが当たることは一度としてなかったが、いま目の前にある光たちは誰にも平等に降り注いでいる。しかし、その光がまた我が胸中に残る忸怩《じくじ》たる思いを鮮明に照らし浮かばせる。

一度でいい。一度でいいから、主役になってみたい。

噂で聞いたことはあった。このアトラクション「白雪姫と七人のこびと」には、主役であるところの白雪姫がほぼ登場しない、ということを。それはなぜか。そこには王国の意図が隠されている。このアトラクションの主役は、誰でもないゲスト自身。ゲストは白雪姫の視点となってその物語世界を巡ることができるのである。

主役しか見ることの叶わない世界が、あの学芸会の日から見ることの叶わなくなった世界が、そこに待っていた。

僕はある種の緊張をはらみながら、カートへと乗り込んだ。ついに主役になれるときが来たのだ。生唾を飲む。

そこは華やかな世界に違いなかった。こびとたちや森の動物たちと夜な夜な繰り広げる楽しい宴。王子様との出会い、恋、そしてキス……。ディープキス……。

心を白雪姫へと変えた僕を乗せたカートはまず、暗く恐ろしい森へと進む。そうか、あたしは森へと追いやられてしまったのね……。姫気分で我が身の悲運を嘆く。悪魔の口のような空洞を広げ、おどろおどろしい森の木々が襲ってくる。あれ？　思っていたのと違う。怖い、普通に怖い。王子様はどこ？　王子様はどこなの？　まあここはまだ序盤だ。次のシーンではめくるめく幻想的な世界が……と期待する。すると、そこには地下牢が現れる。骸骨たちがこちらを見て、せせら笑っている。なに、なんなの、このダークな世界観は。地下牢を通過すると、突然魔女が「いーひっひっ」と笑い声を響かせて登場する。思わず「うわっ！」というなんのひねりもない驚きの声を上げてしまう。心の白雪姫が「だから王子様はどこだっつーの」と憤る。カートは再び森の中へ。暗い木陰が現れる。わかったわ！　あの木陰から王子様がマントを翻して登場するのね！　ところが、まさかである。またしても魔女が「いーひっひっ」とばかりに飛び出してくる。その魔女の歪んだ形相に、心臓が縮み上がる。もういい、お前は、もういい。「いーひっひっ」とか、もういい。あたしが会いたいのは王子様。奇声を上げる老婆に会いたくて、ここに来たんじゃない。するとカートは次のシーンへ。そこには断崖絶壁がそびえ立つ。そして、その崖の頂上には、またしても魔女……。なんて出たがりな女なのだろうか。前に前に出てくる。若手芸人なのか。しかも、よく見ると魔女は巨大な岩石を崖の下に落とそうとしている。そしてその先には、七人のこびとが！　七人のこびと、絶体絶命！　このままでは七人中、四人は重傷を負うこと確実な場面！　しかし、この次のシーンできっと王子様が登場し、魔女を谷底へと突き落とし、岩の下敷きになった七人のこびとに適切な処置を施し、あたしは彼の太くたくましい腕に抱かれ……と夢想していると、あろうことかカートは出口へと到着し、キャストによって「おかえりなさーい」と迎えられたのである。

信じられないことに、「白雪姫と七人のこびと」は、魔女がこびとたちに向かって岩を転がし潰そうとする場面で、幕切れとなるのだ。

それは王国のアトラクションとは思えないほどの、後味の悪さであった。

僕はあまりの納得のいかなさに、ショップで買ったチョコレートクランチを乱暴に食べ散らかしながら、ベンチの上で「白雪姫と七人のこびと」を睨んだ。

「白雪姫と七人のこびと」は、「ホーンテッドマンション」にも勝る、王国で最も恐ろしいお化け屋敷であった。

あのラスト。奥歯にササミが詰まったような、なんとも言えない気持ち悪さ。そこはかとない残尿感。いったい、あのあと、こびとたちはどうなってしまうのだろう？　そして、王子様が一度も出てこないのは、なぜなのだろう？

カートから、次々とゲストが降りてくる。その中にひとり、白雪姫のコスプレをした少女が母に手を引かれて降りてきた。あまりの恐怖と衝撃を受けたのだろう、少女は、泣いていた。あの学級会の日、「口吸い」という言葉にショックを受けて泣き崩れていた二原さんの姿が、その少女に重なった。

そして、思い至った。

白雪姫は、たしかに主役だ。しかし主役だからと言って、輝かしい道を歩んでいるわけではない。むしろ、辛いことの連続だ。

人生は、オーディションではない。どんな人間も、主役か脇役かに選別などすることはできない。人は誰かにとっての主役であり、また誰かにとっての脇役である。ファンタジーランドの光のように、幸も不幸も平等にこの世の人々に降り注ぐ。

「白雪姫と七人のこびと」が最後、実に中途半端に終わった理由。それは「それぞれが自らの人生の主役として、この現実世界でハッピーエンドを見つけなさい」というメッセージなのだろう。王子様と出会えるかどうかは、アトラクションを降りてからが勝負なのである。

ああ、なんと説教くさい、余計なお世話で満ちたアトラクションなのであろうか。

「白雪姫と七人のこびと」は、その複雑怪奇なメッセージを織り込んだ果てに、王国一いびつなアトラクションとしてそこに鎮座していた。

僕はボリボリとチョコレートクランチを口に運ぶ。そして、ぼんやりと考える。僕は自分の人生の主役になれているだろうか。たぶんだが、なれていない気がする。主役であったら、こんなところで指をベタベタにしながら菓子など貪《むさぼ》っていないだろう。いまの僕は、主役ではなく、確実に豚である。

でも、ちょっとやる気を出してみようか。一回きりの人生である。自分の人生の主役になるのも、悪くないかもしれない。たまには説教を受けるのも、悪くない。よし、とりあえず豚から卒業だ！　そう思い立ち、最後のチョコレートクランチを口に放り込み、立ち上がる。

そのチョコレートクランチを噛んだ拍子に、銀歯が取れ落ちた。小学四年生の頃に、ハッピーターンの食べすぎで埋めることになった銀歯であった。這いつくばって、地面に落ちた銀歯を探す。その様子は、まるでトリュフを探す豚であった。主役への道は、遠く険しいように思われた。ようやく見つけ出した銀歯は、地面の上でファンタジーランドの光を反射させ、キラキラと輝いていた。

自分よりも、銀歯のほうがよっぽど主役に見えた。

※

夏休みのシーズンが佳境に差しかかると、王国は「人ごみ」の域を越えて、もはや「狂宴」の様相になってくる。

王国内には、相変わらず全国から観光客が押し寄せていた。まだ午前中だというのにもかかわらず入場ゲートの前には大量の人々が太陽に頭皮を焼かれながら行列に並んでいる。夏の時期には、あまりの混雑ぶりに入場規制がかかることも珍しくない。パスポートを買うまでに六〇分待ち、そして王国に入場するまでに一二〇分待ち。家から凍らせて持ってきたスポーツ飲料水がただの「甘いお湯」へと変わり果てる頃に、ようやく王国へと入れるのだ。

しかし地獄はまだ終わらない。王国へと足を踏み入れると、それぞれのアトラクションの待ち時間プレートには「二四〇分待ち」「三二〇分待ち」などという、狂気の沙汰としか思えない数字が表示されている。

ちなみにこの王国でのアトラクション最長待ち時間記録は「五〇〇分待ち」だそうだ。五〇〇分＝約八時間、である。午前九時に並んで、午後五時に乗れる計算だ。「就業規定がしっかりしている会社の労働時間」に匹敵する待ち時間。思わずため息が出る。

夏の王国は、「待ち時間」との対峙が強要される。多くの人々が笑顔を捨て「もう遊びにきたのか、修行にきたのか、よくわからなくなりました」という苦悶の表情を浮かべる中、僕は余裕の面持ちで「プーさんのハニーハント」の行列に並んでいた。

春先からこの王国へと毎日のように通い詰めた結果、僕はこの長蛇の列に対して「凪《なぎ》」の心で接することができるようになっていたのだ。

並んで、当たり前。待って、当たり前。苛立ち、怒号をあげても、状況は変わりません。だから心を穏やかにして、「そのとき」を待ちなさい。必ずゴールは訪れます。そんな自己啓発書のごとき、安っぽい悟りを僕はこの王国で獲得していた。

「もう並びたくないよう！　お母さん、もう帰ろうよう！」と泣きわめき二〇〇分待ちの「プーさんのハニーハント」の行列から離脱していく子どもを、ダライ・ラマのような微笑みを浮かべながら「あなたにはまだこの行列は早い。しかしいずれあなたがここへ帰ってくる日を待っていますよ……」と心で見送る。すっかり「行列のヌシ」みたいな気になっていた。

雨にも負けず、風にも負けず、夏の暑さにも負けず、じっとアトラクションの二〇〇分待ちの列に並ぶ。宮沢賢治のダメバージョンである。

そのときである。修行の賜物とも言える僕の「凪」の心を揺さぶるひと言が、列の後方から聞こえてきた。

「ねえ、キミ、可愛いね！　芸能界とか、興味ない？」

軽々しくて、でもどこか粘り気のある、男の声。そっと耳をうしろにそばだてる。僕の背後に並んでいた女子高生グループとおぼしき子たちの中のひとりが、さらにそのうしろに並んでいた男に声をかけられているようだった。

芸能スカウトである。

実は、この王国の中には、芸能事務所のスカウトマンが紛れ込んでいることがままある。というか、かつての原宿よりも、いまやこの王国のほうがスカウトの聖地であると断言していいほどだ。

この王国には、全国から若き女性がやってくる。だから、そこにはタレントの原石も山ほど眠っている。それをスカウトマンたちが見逃すはずがない。事実、僕はこの王国で何度も「スカウトの現場」を目撃したことがある。

それにしても、このスカウトマンは、かなりの手練《てだ》れであると思われた。この長蛇の列の中で、ターゲットのうしろにピタリと張りつき、ほどよいタイミングで声をかける。なにせ二〇〇分待ち、口説き落とす時間は十分にある。

その洗練されたスカウトテクニックは尊敬に値するが、しかし僕はそのスカウトマンに対して苛立ちをおぼえた。王国まで来て、仕事してんじゃねえ。この聖域《サンクチュアリ》を、汚してるんじゃねえ。「プーさんのハニーハント」に並んでおいて、ガールをハントしてんじゃねえ。

「えー？　芸能界？　え、お兄さんって、スカウトマンなんですか？」

声をかけられた女の子は、実にまんざらでもないニュアンスを返答に滲ませていた。グル

ープ内の「声をかけられなかった女の子」たちも、

「マジ？　スカウト？　芸能人になっちゃえば？」

「可愛いから、絶対売れるって！」

と見事なまでに絵に描いた「その他大勢」役を演じ切りながら、その場を盛り上げていた。

「芸能界かあ。うーん、どうしようかなあ。興味はなくもないですけどぉ」

その女の子の声は完全に舞い上がっていた。

なんて軽々しい女なんだ。僕の心の中の仙人が憤る。

ここは二〇〇分待ちの、荒行の場。厳しい修行に耐え抜いたものだけが、プーさんに謁見することを許されるのだ。ここはヘリウムガスのごとき軽い考えのお前が来るような場所ではない。ええい、早くこの列から立ち去れ！　そして芸能界でもなんでも、俗世で暮らすがいい！　弟子の一休よ、塩持ってこい、塩！

しかし、女の子とスカウトマンは、「キミなら絶対、タレントになれるよ」「ほんとですかー？」などといった浮ついた会話をやめない。なんてふてぶてしい連中なのであろう。こんな連中に修行の場を荒らされたのではたまらない。本当に塩でもまいてやろうか。しかし、塩など持ってない。塩味のポップコーンなら持っている。よし、ポップコーンをまいてやろうか。ダメだ、それじゃただのアメリカのパーティーだ。

逡巡を重ね、せめてこのスカウトされた女子高生を睨みつけてやろうと、振り向き、その子の顔をのぞき込んだ瞬間、衝撃が走った。

まるで、荒れ果てた修行の大地に咲いた一輪の花。それが、彼女であった。小鹿のそれに似た濁りのない瞳、逃げも隠れもしない小粒な唇、涼しげな鼻筋。「美しい」というシンプルな言葉は、彼女のためにある。そう直感した。

「日本人は、全員キミのことが好きになると思うよ！」

少々主語が大きすぎる気もしたが、スカウトマンが先ほどから興奮した口調になっているのも無理はなかった。台風が過ぎ去ったあとの空のような透明感のある彼女は、素人の僕から見ても「巨大な原石」に他ならなかった。

「ごくり」。思わず僕は大きな音を立ててツバを飲んだ。ドルビーサラウンドのような、生々しくて立体感のある音であった。それはつまり、修行の身でありながら、俗世の誘惑に堕ちそうになる音でもあった。

「この子と、お近づきになりたい」

破門を覚悟で、僕は欲望を顕わにした。なにからの破門なのかはよくわからないが、とにかく僕はプーさんとかハニーとかハントとか、そういうのはもうどうでもよくなっていた。

彼女とスカウトマンは会話をとめどなく続けていた。

このままでは、彼女がスカウトマンの手に落ちてしまう。そして芸能界という闇に放り込まれてしまう。そうなると彼女には、消防署の一日署長や生ビールのキャンペーンガールなどといったぬるい仕事をこなし、そこそこに人気が出てきた辺りで人気バンドのそんなに人気がないベース担当のマンションから出てくるところをスクープされ、一気に仕事がなくなり、Vシネに「女囚人」役や「セクシー忍者」役として何本か出演したのち、最後は中途半端なセミヌード写真集を出版して引退、というデクレッシェンドのような未来しか待っていない。たぶん。

彼女が闇に葬られるのを止めることができる人物。それはこの場に立ち会った、僕だけではないのか？　そうだ、僕だけに違いない。僕が彼女を、救うんだ。救って、そして彼女を僕だけのものにするんだ。

熱い太陽光線を浴び続ける厳しい修行の結果、僕の思考回路はヤバいことになっていた。欲望を正当化し、自分以外を悪と見なし、スカウトマンからどうやって彼女を奪い取るかということだけを一心不乱に謀《はか》っていた。息が、荒くなっていた。ここ舞浜に、ひとりの破戒僧が誕生した瞬間である。

そうだ。

彼女を「救う」方法が閃《ひらめ》いた。ここはひとつ、僕もスカウトマンに扮し「うちの事務所はもっと待遇がいいですよ。労働組合もしっかりしてますし、ウェルカムドリンクのサービスもあります」的な甘い言葉を囁いて、彼女をプロのスカウトマンの悪の手から守るのである。まあ、この作戦は視点によっては「ほぼ詐欺」かもしれないが、目的は彼女を騙すことではなく、彼女を守ることなのだから、罪悪感など抱く必要はない。よし、僕はいまから、スカウトマンだ！

さっきまで修行僧の気分で列に並んでいたのに、いまはスカウトマン気取りである。この堕落ぶり。早着替えの心のコスプレ。年収ゼロ円のからっぽ人間だからこそなせる所業である。

僕はにせスカウトマンとして、彼女と本物のスカウトマンの間に割って入るチャンスを虎視眈々とうかがった。しかし、なかなか両者の会話は隙間を見せない。そうこうしているうちに、列はノロノロと進んでいき、ついにアトラクションの搭乗入り口へと着いてしまった。「プーさんのハニーハント」は、その名の通り、プーさんがハチミツを探すアトラクションである。ゲストたちはハニーポットなる壺型のカートに乗り込み、ハチミツ探しの旅へと誘われるのだ。

そのハニーポットに、女子高生グループと、スカウトマンと、そして僕とが乗り込むことになった。長時間の会話を経て、すっかり仲良くなっている女子高生たちとスカウトマン。

その中で僕だけが異質な怪炎を放っていた。

ハニーポットが動き出す。すると、そこにはプーさんと仲間たちが暮らす「一〇〇エーカーの森」が広がっている。

プーさんが風船を手に、空へと舞い上がっていく。その可愛さに、一同、思わず息を呑む。彼女とスカウトマンとの会話が、一瞬、途切れる。いまだ。割って入る、チャンスである。僕は意を決して、彼女に話しかけようとした。

そのときである。突然、ハニーポットが急停車した。すわなにごとかとポット内が騒然となる。そこへアナウンスが流れた。

「安全装置作動のため、運行をしばし中断いたします。そのまま立ち上がらず、ハニーポットの中でお待ちください」

緊急停止だ。この「プーさんのハニーハント」は、完全コンピュータ制御による最新技術を駆使しているためか、頻繁に緊急停止するのである。

茫然とした時間がポット内に流れる。二〇〇分並んで、いきなり緊急停止。実に塩辛い展開である。女子高生たちはおろか、スカウトマンまで、動揺を隠せていなかった。完全な沈黙が横たわる。その中で、僕だけが確信的な半笑いを浮かべていた。

これは、厳しい修行に耐え抜いた僕にお釈迦様が与えてくれた「蜘蛛の糸」のごとき好機に違いない。

僕はこのアトラクションの緊急停止には、何度も遭遇している。しばらく経てば、このアトラクションが動き出すことを、知っている。動揺するスカウトマンを尻目に「大丈夫です、すぐに動き出しますよ。ずっと行列を待ち続けたあなたの努力は、報われるのです」と彼女に話しかける。思わぬ救いの言葉に驚きながらも彼女は僕に感謝を述べるであろう。すかさず僕は「ところで僕はスカウトマンをやっているのですが、芸能界とか興味ありませんか？よろしければ、連絡先を教えてください」と続ける。そんな僕に対して彼女は「この人はなんて落ち着きのある人なのでしょう。あたし、この人に連絡先を教える」と決心するだろう。

僕は呼吸を整え、ついに彼女に声をかけた。

「あ、あの、す、すいません」

自分でも驚くほど、声が上擦っていた。無理もない。今日初めて、人語を発したのである。ましてや相手は、如来のごとき澄んだ顔立ちの女性である。上擦らないほうがどうかしている。その上擦った声の中に欲望が漏れ出ていたのだろう、彼女が明らかに「通り魔が出た！」みたいな形相をこちらに向けた。すみやかにパニックに陥りそうになりながらも、僕は言葉を続けた。

「あの、ほんと、すいません。あの、たぶんですけど、もうすぐ動くと思います、すいません。なぜそれがわかるのかというと、僕は、すいません、その、毎日のようにここに通っているので、緊急停止には慣れているのです。すいません。ところで、すいません、僕はスカウトマンです、すいません」

謝りすぎだ。

内容の五割が「すいません」で構成されたそのセリフを、彼女は「は、はあ」となんとか受け止めてくれた。しかし「やっぱり通り魔が出た！」と言いたげな様子が、その曇った表情にはっきりと描いてあった。彼女の連れ合いたちも、僕の情報量が多いんだか少ないんだかわからない突然の説明にうろたえているのがわかった。そして彼女たち以上に、僕がうろたえた。全然想像していなかった重い空気がそこには広がっていた。

そんな中、スカウトマンだけが僕が発した最後のワードを聞き逃していなかった。

「え？　あなた、スカウトマンなの？」

「……え？」

「いや、いま自分でスカウトマンって」

「……あ、はい。スカウトマンです」

「どこの事務所ですか？」

「えっと、あの、小さい事務所です」

「いや、サイズは聞いてない。どこの事務所かを聞いています」

「…………」

「名刺とか持っています？」

　失敗した。完全に、僕がにせスカウトマンであることを見抜かれている。蜘蛛の糸は、切れてしまった。彼女を救うふりをして、本当は自分自身を救おうという独善的な考えがお釈迦様に見抜かれて、蜘蛛の糸は切れてしまった。

「あなた、本当にスカウトマン？　彼女に声をかけたかっただけじゃなくて？」

「……がふ」

「僕がさっきから彼女に声をかけていたこと、知っていますよね？」

「ご……」

「もしあなたが本当にスカウトマンだとしても、これは横取り行為ですよ」

「が、ちが、そ……」

「とりあえず日本語喋りましょうよ。日本人なんだから、日本語喋りましょうよ」

　叱られた。大人なのに、大人に叱られた。顔が熱くなり、言葉を発そうにも、のどが焼けるように痛かった。そして、僕はようやく自分がとんでもない錯覚にずっと陥っていたことに気がついた。長きにわたりこの王国にひとりで入り浸り、他者との交流をシャットダウンし続けた結果、僕はいつの間にか自身の内側に「箱庭」を作っていたのだ。

その『箱庭』の中では、僕はなににでもなれた。宇宙船乗組員にも、冒険家にもなれた。恋人がいるふりもできたし、主役にもなれた。修行僧にもなれたし、スカウトマンにもなれた。どこまでだって飛べる気がしていた。しかし、それはすべて、ひとりよがりの妄想だった。いつの間にか箱庭の中で、気が大きくなっていただけだった。そして、自分を甘やかした結果が、このザマだ。

そうだった。世界は僕に、甘くなかったんだった。

緊急停止が解かれ、ハニーポットが動き出す。

プーさんは、大風に吹かれて、風船に乗って飛ばされていく。

プーさんは、ハチの大群に襲われそうになる。

プーさんは、その夜、悪夢を見る。気味の悪い色をした象の群れがニヤニヤと笑いながら蠢《うごめ》くという、フロイトも泣いて逃げ出す悪夢を見る。

それでもプーさんは、幾多の困難にもめげず、ついにハチミツをハントする。

信念を持った者だけが、望むものを手に入れることができる。厳しい行を経た者だけが、そこに辿り着くことができる。

ハニーポットから降りる。僕を一瞥して、スカウトマンと彼女たちは、遠くへと消えてしまう。

プーさんはハチミツをハントして、スカウトマンは彼女をハントして、彼女は未来への切符をハントして、そして僕だけがなにもハントできずに、ただそこに取り残された。

僕には、なにも残っていなかった。

そして、途方に暮れた。

夏の陽も、暮れかかっていた。

秋

眠れない。

先ほどから何度も眠りの尻尾を摑みかけてはいるものの、バスの振動がそれを邪魔する。隣の座席に座った青年のイヤフォンから漏れ聴こえてくるテクノミュージックもまた、僕の入眠を妨げていた。チラッと横目で見ると、その青年はすやすやと夢の中にいた。アップテンポの激しい曲を聴きながら、眠る彼。精神を高揚させたいのか落ち着かせたいのか、どっちかに絞ってほしい。

途中休憩で寄ったサービスエリアで、バキバキに固まった身体を伸ばす。トイレで用を足し、洗面台の鏡を見ると、そこには不眠と疲れとで室内犬のような弱々しい顔つきの自分がいる。

バスに戻る途中で大きくため息を吐くと、息がかすかに白かった。山あいのサービスエリアは、もうすでにしっかりとした秋になっていた。サービスエリアの電光掲示板が、大型台風の接近を告げていた。

僕は深夜バスで、大阪に向かっていた。

王国から、距離を置こう。

夏の終わりに、僕はそう決心をした。

「新しい希望が見つけられるはず」。その予感を得て、春からここまで半年間、王国に通い続けたわけだが、ここ最近どうにもその生活に違和感を抱くようになっていた。

王国にいても、いまのところダメな自分しか発見できていない。このまま王国に通い続けていても、どんどんダークサイドに堕ちていくだけなのではないか。そんな不安に駆られたのだ。

それだけではない。なんと言うか、王国の「テンション」みたいなものに、ついていけなくなっている自分がいた。

王国は、ことあるごとにイベントを開催する。この間も七夕や夏祭りを開催していたし、春にはイースター、秋にはハロウィンと、日本人にとってなじみのないイベントも平然とかませてくる。王国は、イベント好きなのだ。このまま放っておくと、節分、なまはげ、建国記念日、勤労感謝、あげくの果てには芋煮会や潮干狩りまで始めるのではないかという勢いである。

僕にとって、王国とはすでに「恋人」のようなものだ。だから王国がイベントを乱発するたびに、まるで付き合っている彼女から、

「今日はふたりが付き合って八か月の記念日だからお祝いしよう」

「今日はふたりが付き合って九か月の記念日だから手紙を書いてきたよ」

「今日はふたりが付き合って十か月の記念日だから、ここで抱いて。いますぐ抱いて」と記念日イベントを強制されているかのような気分になった。

重い。

王国は、いつの間にか、僕にとって「重い恋人」になっていたのだ。最初は「会いたい」と願って毎日のように舞浜へと足を運んでいたのに、いまでは義務のような気持ちで舞浜に向かい、しかも日によっては「カントリーベア・シアター」や「ミッキーマウス・レビュー」といった室内型のアトラクションで寝続けて一日を過ごすこともある始末。

「もう！　あたしに会いにきたの？　それとも寝にきたの？」

王国がぶつぶつと文句を言っているのが聞こえるが、僕はそれを寝返りでやり過ごす。

「ねえ、新しいフレーバーのポップコーンを作ってみたんだけど、どうかな？」

キッチンから王国が声をかけてくるが、聞こえないふりをする。

「もうすぐハロウィンだけど、もちろん仮装の準備はしてるんでしょうね……？」

布団の中で、舌打ちをする。

「今日も夜からパレードやるけど、それまでいてくれるよね……？」

布団から勢いよく飛び出し、ジャケットを片手に部屋から飛び出す。「待って！　どこ行くの!?」王国の声がうしろから聞こえてくるが、振り返らない。

部屋でばかり会うようになり、相手のささいな言動にイライラし、イベントごとが億劫になる。次の彼女の誕生日も、プレゼントは東急ハンズで適当に買ったものを渡すつもりだ。

そう、それは蜜月の終わったカップルの姿。

僕と王国は、倦怠期に突入していた。

あんなに愛していたのに、あんなに愛されていたのに。距離が近くなればなるほど、互いの心のズレが目立っていく。

「自分をダメにしたのは、アイツのせいなんじゃないのか……？」

そんな言いがかりに似た怒りさえ抱く。勝手な自分がもどかしく、しかしどうすることもできない。

「浮気をしろ」

悪魔が僕に囁く。

「別にアイツじゃなくても、お前を受け止めてくれる相手はいる」

悪魔にそそのかされ、僕は「大阪の愛人」に会うため、深夜バスに飛び乗った。

その浮気相手は、大阪の港町に住んでいる。その浮気相手は「ハリウッドの興奮に飛び込める」という謳《うた》い文句を掲げていた。

結局バスで一睡もできなかった不眠状態の僕を、浮気相手は「待ってたで」とばかりに迎え入れてくれた。浮気相手はとにかく映画が好きで、着いたばかりの僕の手を引くようにして、さっそくハリウッドの世界へと誘ってくれた。

僕は「おいおい、まずは寝かせてくれよ」とその初対面である浮気相手にこぼしながらも、気分の高ぶりを抑えることはできなかった。本妻である王国からの解放感。王国には言えない秘めごと。バスの中ではまだ胸の奥にチラついていた王国に対する罪悪感も、「大阪の愛人」の新鮮さを前に吹き飛んでしまった。

その大阪の愛人は、王国とは全然気質が違っていた。大阪の愛人には「大らかさ」のようなものがあった。

たとえば王国の場合、入国してすぐのところにお城がそびえ立っているわけだが、大阪の愛人は入ってすぐのところになんと、おもいっきり高速道路を見せている。園外のビルや線路といった現実世界の姿を隠すために細心の設計を行っている王国と違って、大阪の愛人はハナからそれを隠す気がないのだ。それはラブホテルに入って窓を開けると、隣のビルの壁が堂々と目の前に迫ってくる様に似ている。

それから大阪の愛人は、携帯電話の充電サービスを園内各所で行っている。もちろん、有料である。これも王国では考えられない。ささいなことでもお金を儲けようとする、商人気質のたくましさ。それはラブホテルが冷蔵庫のジュースを一本二〇〇円で売ろうとしている様に似ていた。

さらに、大阪の愛人は「アトラクションの待ち時間をパスするチケット」でさえも有料で販売している。同じチケットが王国にもあるが、あちらは無料配布である。大阪の愛人は、時間さえも売り物へと変えてしまうのである。それはラブホテルの延長料金と同じ発想である。

そう。記念日のたびに高級ホテルに行きたがるタイプの王国と違って、大阪の愛人には「うち、ラブホテルでええで」みたいなあっけらかんとしたムードがあった。

「うち、めんどくさいことは言わへんねん。楽しんでもらえれば、それでええねん」

雑と言えば雑だが、気を遣わなくていい存在。僕はすっかり、大阪の愛人が気に入ってしまった。

僕は大阪の愛人に導かれるがまま、「ハリウッドの興奮」へと飛び込んだ。そこには、映画の世界が広がっていた。

E.T.を見ては「皺が多い」とゲラゲラ笑い、スヌーピーを見ては「皺がない」とゲラゲラ笑う。そして高揚した気分にまかせ、グッズを買い漁る。恐竜の形をしたチョコレートを買った。サメ型の帽子も買った。そして、大きなエルモのぬいぐるみも買った。鞄に入りきらないほど大きなサイズのエルモが、チャックから顔を出して微笑む。

「よっしゃよっしゃ、なんでも買《こ》うたるで」

愛人のためなら金に糸目をつけない工場の社長みたいな気分になっていた。いまだったら暗い玄関で靴が見つからない大阪の愛人のために、「ほうら、明るくなっただろう」と札束に火をつけることもできる。それくらい、気分は晴れやかだった。


しかし、状況が一変した。

突然、園内に黒い雲がたれこめ、暴風が吹き荒れ始めたのだ。

「まさか、映画『ツイスター』を体験できる演出⁉」と一瞬喜んだが、直後、「大型台風が接近しておりますため、本日の営業はあと三〇分で終了いたします」というアナウンスが響き渡り、ただのリアルな天候の崩れだと知る。行きのサービスエリアで電光掲示板が告げていた、あの大型台風が大阪に上陸したのだ。

このとき、僕は園内の一番奥にいた。

「まあ、じゃあ、帰りますか」とヘラヘラ笑いながら出口を目指したのだが、初めて来たテーマパーク、まったく土地勘がないため、方向がわからず、さっきから同じ場所を何度もぐるぐるまわっている。そして気づけば周りには人の気配がなくなっていた。

吹きつける雨と風。視界が狭くなり、あっという間に体温が奪われていく。唇の色が、みるみる「アバター」みたいになっていく。

鞄から顔をのぞかせたエルモが、どこか不安な表情を浮かべている気がした。周囲が無人の中、このエルモだけがいまの僕の心のよりどころだった。「大丈夫かい？」と、エルモに声をかける。エルモは大丈夫じゃなさそうだった。赤いはずのエルモの顔が、青ざめていくように思えた。

「ギズモは水に濡れるとグレムリンになるけど、僕たちは雨に濡れて顔色が『ディープ・ブルー』だね」と震える声で映画ジョークをつぶやいたが、エルモは無言のままだった。

雨脚が笑えないくらいに強くなってきた。吹きすさぶ風は世界を灰色へと変え、全身に悪寒が走り始めた。

「まるで遭難じゃないか……」

震える声で、つぶやく。僕は、大阪の港町にあるテーマパーク内で、遭難者めいた迷子と成り果てていた。

寒気に加えて、空腹が襲ってくる。先ほど買った恐竜のチョコレートをかじる。「ママにもう一度会いたいなら、いまのうちに食べておけ……」と映画でしか聞いたことのないセリフを自分に投げかけ、勇気づける。エルモがこっちを見ている。飢えた瞳だ。思わず目を背ける。

なんとか空腹は満たされたのだが、次は肩が悲鳴をあげた。鞄の中のエルモが雨水を吸い上げ鉛のように重くなってきたのだ。

「ついにただの足手まといとなり果てたか……」

と僕はエルモに見切りをつけた。そして「ここで待っていてくれ。助けを呼んでくる」とばかりにエルモをベンチに座らせ、置き去りにする作戦を敢行。背中でエルモの視線を感じた。「まさか、うちをここに置いてくんとちゃうやろな⁉」と叫んでいる気がした。

「ジブンダケガ、タスカレバソレデイイ」

僕は、人間をやめた。

ずぶ濡れのまま、僕は方向もわからぬ退場ゲートを探して走った。歯がガタガタと音を立てて震え始めた。体温がますます低下し、身体が重くなってきているのがわかる。いまの僕を見つけたら、誰だって「早くこの人に、温かなスープのようなものを！」と声を上げたくなること必至である。

園内を彷徨う。視界を激しい風雨が遮る。

すると、あれは幻覚だろうか。前方から、人の形をした影が寄ってきた。

「大丈夫ですか？」

そこにはレインコートを着た従業員。……従業員だ！

助かった、と僕は安堵した。これで退場ゲートの場所を知ることができる！　しかし安心もつかの間、僕は「あるもの」を目に捉え、ギョッと顔を引きつらせた。

従業員が腕の中に抱えていたその「あるもの」、それは先ほど僕がベンチに打ち捨てたエルモのぬいぐるみであった。

「これ、先ほどお忘れでしたよ。どうぞ」

受け取ったエルモのぬいぐるみは、明らかに僕を睨みつける炎をその瞳にたたえていた。

「なんで捨てたん……？」とエルモが言っていた。

「どうせうちのことなんて、一回きりの女やと思ってるんやろ……？」と大阪の愛人が言っていた。

「あたしのことを忘れたら、ただじゃおかないんだから……」と王国が言っていた。

そのぬいぐるみの瞳は、多くを物語っていた。

従業員に退場ゲートを教えてもらい、ビジネスホテルに飛び込み、熱いシャワーを浴びた。

U（飢え）S（遭難）J（邪念）を経て、ようやく僕は助かることができた。

大阪の愛人との関係は、これで終わりだろうか。終わりだろう。出会った瞬間に、大雨という仕打ち。縁がなかったとしか思えない。わずか半日の中で大阪の愛人との関係も、ハリウッドの興奮も、もう醒めてしまったのだ。いつの日か彼女と再会し、人差し指と人差し指をくっつけて、「ト・モ・ダ・チ」と呼び合う日も、来ないだろう。

いまの僕には、舞浜に戻る以外に、手だてがないのだ。

シャワーを浴び終え、浴室から出ると、狭いベッドの脇に、ビショビショのエルモが転がっていた。

「お前を東京に連れて帰ったら、本妻の王国になにを言われるかわからないからな……」

僕はエルモをそっとつまみ上げ、ゴミ箱へと放った。

※

貯金が、底をつき始めていた。

働いていないのだから当たり前だが、財布の中身がみるみると減っていく。なのに財布が妙に厚いのは、神社で昔買ったお守りを入れているからだ。お守りの捨てられなさって尋常じゃないよなあ、と僕は寂しく荒んだ財布の中の光景を見つめ、ため息をひとつ漏らす。そしてその財布を弱々しくジーンズのうしろポケットにしまう。

そのジーンズは、薄汚れていた。僕は今日も結局、舞浜駅に降り立っていた。秋の温度のない風が、身に染みる。鮮やかな色のカーディガンやトレーナーを羽織った人々が、王国へと流れていく。もうみんな、衣替えを済ませたのだろう。僕はというと、秋用の服を買うお金もなく、また去年の服を引っぱり出す気力もなく、薄手の黄ばんだシャツ一枚で駅前に突っ立っていた。

僕は舞浜駅にまで来ておいて、王国に足を運ぶべきかどうかを、迷っていた。

僕は王国のことが好きだ。それは紛れもない事実である。しかし、どこか王国に対して淡い「飽き」のようなものを感じ始めている自分がこの秋のいわし雲の下にいる。それもまた紛れもない事実であった。

このまま王国に足繁く通い詰めているうちに、この「飽き」がより具体的に膨れ上がってしまうのではないか。年間パスポートの期限が切れる前に、王国への熱が切れてしまうのではないか。そんな逡巡が、僕の足を舞浜駅前で止めていた。まるで恋人の家の前まで来て、チャイムを押せずに迷っているように。

その迷いには、他にも理由があった。

僕はいまお金がない。しかし、王国との「逢瀬」には、やはりお金が必要だ。年間パスポートによってチケット代は現在クリアな状態だが、園内での飲食代は毎回結構かかる。なんせ、普通のペットボトル飲料を「スキー場か」みたいな価格で売る王国である。喉の渇きを癒そうとするだけで小銭がビュンビュンとなくなっていくのだから、腹を満たそうともなればある程度の元手が必要だ。

一度、節約に努めたことがある。家から手作りのおにぎりを持っていくことにしたのだ。王国は「園内への飲食の持ち込み」を禁じてはいたが、入場ゲート前に「ピクニックエリア」という敷地を設置、そこでの持ち込み弁当の飲食を許可していた。「行楽に弁当はつきもの」という日本人の特色に合わせて特別に設置されたエリアなのである。僕は一時期、なるべく出費を抑えるべく、このエリアで家から持ち込んだおにぎりを食べていた。

しかしある日、人の気配のないこのエリアでひとり、薄手の服を着ながらおにぎりをもそもそと食べていると「わしゃ、誰にも感動を与えない裸の大将か」という非常に切ない想いがこみ上げてきてしまい、以来おにぎりの持ち込みはやめてしまった。

でも、王国で遊んでいれば、やっぱり腹は減る。だから、お金を払って、レストランに入る。お金が残り少ない僕にとって、常に強気の価格設定を行っている王国のレストランでの食事は、次第にストレスへと変わっていく。

「お金がない」ということは、こんなにも神経を苛立たせることなのだと、僕は初めて知った。「貧すれば鈍する」ということわざがあるが、鈍するどころの騒ぎではない。心がどんどん窮屈になっていく。

王国と遊ぶことで、お金がなくなり、それがストレスを生む。このままでは、いつしか王国のことをはっきり嫌いになってしまう。いかんともしがたい状況が発生していた。

やはり、今日は王国と会うのはやめよう。一度、王国のほうへと向きかけていた足を、駅へと戻す。するとそこに、「彼女」が立っていた。

イクスピアリである。

イクスピアリ。いつの間にか、舞浜駅に隣接されていたショッピングモールだ。

「ねえ、ちょっとあたしと遊んで行かない？」

イクスピアリが、そう囁いてくる。

「いいけど、僕、お金持ってないぜ？」

「大丈夫よ。あたし、とりあえずは入場無料だし」

いまの僕にとって、入場無料という言葉は魅力的でしかない。

王国の横にある複合施設。いわば、王国とは親子のような関係。きっと王国にいるときと同じような多幸感が、あふれているに違いない。

お金がないからウナギは食べられないが、せめてウナギ屋の換気扇の向こうから漂ってくる匂いだけでも嗅ぎたい。それと同じで、王国には入れないが、せめてイクスピアリに漂う王国の匂いだけでも嗅ぎたい。そんな貧乏根性も手伝い、僕はふらふらとイクスピアリへ歩を進めた。

しかしイクスピアリは、そんな僕の甘い期待をすぐに打ち砕いた。

イクスピアリは、不穏な雰囲気をたたえた施設であった。

まず、イクスピアリと王国との関係が、不明瞭なのである。

イクスピアリでは、王国関連のグッズを売ることが基本的に禁じられていた。王国とのつながりを断っているのである。しかしながら、表向きでは一応「王国の関連施設」ということになっている。実に謎に満ちた関係である。ただの親子関係ではない。王国が「歌舞伎役者」なら、イクスピアリは「認知はしていないが養育費は払っている隠し子」なのだろうか。

不思議なことは、まだある。イクスピアリのキャッチフレーズは「物語とエンターテイメントにあふれる街」である。しかし、なんとイクスピアリには物語もエンターテイメントも全然あふれていないのである。あふれているのは、ＧＡＰ、ＡＢＣマート、成城石井などといった、街でもよく見かける店ばかりである。映画館がイクスピアリの真ん中にあるが、まさか「物語とエンターテイメント」のすべてをその映画館に担わせているのだろうか。

「ねえ、キミって、なんなの？」

「…………」

「そもそもキミって、おもしろいの？」

「…………」

「なんか、キミよりも、下北沢のほうがおもしろい気がするんだけど」

「……お喋りな男は嫌いよ」

イクスピアリは、多くを語りたがらない。

僕は、目についたおにぎり屋さんに入店した。小腹が空いていたこともあったが、なによりもイクスピアリと過ごすこの時間を、どうしたらよいのかわからなくなってしまったのだ。なんというか、間がもたない。正しい遊び方が、一切わからない。

一番安い昆布のおにぎりを買い、座れそうな場所もないので、近くにあった高級焼き肉屋の前で立ち食いする。なんだ、これでは王国の「ピクニックエリア」で持ち込みおにぎりを食べる侘しさとなんら変わりないではないか。いや、いまは焼き肉屋の前に掲げられているメニュー表を見ながらおにぎりを食べている。他人から見たら僕は「本当は肉を食べたいのだけどお金がなくてしかたなく握り飯を食べているかわいそうな人」なわけで、侘しさはいつもより数段上だ。

「……なんか、つまらなそうな顔をしているわね」

「そんなことないよ、……楽しいよ」

「うそ。あたしといたって、退屈なだけでしょ。正直に言ってよ」

　正直に言えば、超つまらなかった。

　もう、異常なほどのつまらなさだった。囲碁番組、専門学校の文化祭、植物園、現代音楽、書道の公募展、税務署。それらのつまらなさをはるかに凌駕するつまらなさが、そこイクスピアリに存在していた。

　見れば、人影もまばらであった。わずかにイクスピアリを行き交う人々の表情には、必ず「超つまらねえ」という文字が張りついていた。

　ハンバーガーショップの前で、カップルが大声で喚いていた。耳をそばだてると、

「とにかくここはつまらない。こんなつまらないところに連れてきたお前が悪い」

「あたしだって、まさかこんなにつまらない場所だとは思ってもみなかった」

　といった内容で大喧嘩を繰り広げていた。

　この世には陰と陽があると、このとき悟った。太陽があれば、必ず影が生まれる。春があれば、必ず冬がある。貯金を豪勢に使う時期を経れば、必ず貧しい季節が訪れる。そして王国があれば、必ずイクスピアリがそこにある。

　王国が放つ「おもしろさ」の光が生んだ、「つまらなさ」という影。それがイクスピアリ

なのだ。

　イクスピアリのミステリアスさの正体は、まさにその「影」であった。

「……さあ、次はどこに行くの？　おにぎり屋さん以外にも、お店はいっぱいあるよ」

　イクスピアリがぼそぼそと耳元で尋ねてきたが、王国内でアトラクションを巡るときに感じる心が躍るような喜びを、ここで得られるとは到底思えなかった。なんとなくノリでデートをしてみたものの、思いのほか会話が続かなかったときの気まずさ。そんな苦い空気が、僕とイクスピアリのあいだに立ち込め始めていた。まずい。この空気を、なんとかしなくてはならない。

　僕は、近くにあった衣服のセレクトショップに入店した。なにかを買うつもりなどなかったが、とにかく間を埋めたかった。

　陳列されたトレーナーや帽子などを、淀んだ目線で眺めていると、店員が狙いを定めて僕に寄ってきた。店内には僕以外に客がいなかった。「いらっしゃいませ、なにかお探しですか？」僕は蟻地獄に落ちた蟻の気分になった。

「いや、まあ特になにも探してないです……」

「そのパーカーなんか、お似合いだと思いますよ」

　コミュニケーションが成り立っているようで、成り立っていない。なのに僕は、つい店員側に合わせて返事をしてしまう。

「あ、そうですか。うーん、似合うかなあ?」

「よかったら、ご試着なさいますか?」

気づくと僕は、試着室の中でそのパーカーに袖を通していた。お守りをなかなか捨てられないような優柔不断な人間は、衣服店の店員の押しに弱い。

鏡で自分のパーカー姿を確認したが、驚くほど似合っていなかった。

試着室のカーテンを開ける。

「あの、これ……」

「わあ、とってもよくお似合いですよ!」

「本当ですか?」

それからも店員は、僕にズボンを勧め、帽子を勧め、靴下を勧め、ベルトまで勧めてきた。合間合間に僕は「この色はちょっとなあ」とか「帽子って普段、かぶらないんですよね」とか「そもそもベルトの存在意義がいまいちわからない。縄でも巻いとけばいいわけでしょ?」などとささやかながらも必死の抵抗を試みたが、それはキャンプファイヤーに霧吹きで消火を挑むようなものであった。これは地獄の、マンツーマン接客。

とにかく平日のイクスピアリには人がいない、滅多に来ない客を逃がしてなるものか。店員の接客は、鬼のような気迫を纏っていた。

僕を絶対に店外に出さないようにしながら、あれも買ったほうがいい、これも買ったほうがいい、と指図してくる店員。「ここはインドか」と僕は辟易した。そして完全に思考が停止し、気づけば「お似合いですよ」と勧められたそれらすべての商品を、レジの前に差し出していた。なけなしのお金を払って、店をあとにする。そのまま、呆然と、イクスピアリもあとにする。

ふとうしろを振り返ると、あの店員とイクスピアリがニヤニヤと笑っている気がした。「ねえ、ちょっとあたしと遊んで行かない？」と僕に声をかけてきたあの瞬間から、このシナリオはすでに仕組まれていたのではないか。そう勘ぐったが、もうあとの祭りである。商品が詰め込まれた紙袋を両手にぶら下げて、僕は家路を辿った。

いつもだったらもっと充足感のようなものを抱きながらの舞浜からの帰り道なのに、今日は沈んだ気分である。なんで買いたくもない服をこんなにも買ってしまったのだろう。こんなことになるなら、最初から王国に行っておけばよかった。薄手の黄ばんだシャツが、穴の空いたジーンズが、夜風を受けて寒かった。両手の紙袋が、重かった。

前からホームレスが歩いてきた。そのホームレスは僕と目が合うと、会釈をしてきた。仲間だと思ったのだろう。しかたのないことだった。この世には、陽があり、陰がある。幸福な帰り道もあれば、ホームレスに親近感を表される帰り道もある。

帰宅後、買った服をリビングで着てみた。

そこへ入ってきた父に「なんだ、そのピエロみたいな服」と言われた。

それがこの秋、最初に聞いた、父の言葉だった。

※

ついにあそこへと足を踏み入れる日がやってきた。

いずれ避けては通れぬ道だとは思っていた。貯金の残高は日増しに目減りしていたが、ここに立つことは無視できなかった。

そこでは、プロメテウス火山が噴煙を上げている。巨大な船が港に停泊し、人魚が海底の世界で踊り舞う。ランプの魔人がアラビアの世界を砂地に出現させ、不気味な神殿が伝説を隠して眠っている。そして、人々の冒険心をかきたてる、大きな海が広がっている。

そこは、「冒険とイマジネーションの海」。

その海は、いわば王国のお姉さんとも言うべき存在であった。

規模や面積はほぼ同じなので、王国と海は双子なのではないか。いや、海のほうが王国より一八年後に完成したのだから、むしろ弟や妹と呼ぶべきなのではないか。そういった意見もあるだろうが、その海はやはり「お姉さん」と呼ぶにふさわしい。なぜならその海は、王国と比べて実に「大人っぽい」のである。

キャラクターに頼らない、背骨が太いアトラクション。渋くも重厚なジャズバンドショー。歳を重ねてからこそ、その良さがわかる古きニューヨークの街並み。その海は、どこを切っても「大人の世界」であった。

そしてなによりも、海ではお酒が飲める。それが「王国よりも海のほうが大人である」という事実を、決定的なものにしていた。海は、やはりお姉さんなのである。

お姉さんである海で、お酒を飲める。それを聞いただけで、僕は胸がドキドキした。

恋人である王国の目を盗んで、お姉さんに会いに行く。お姉さんは、すでにカクテルを何杯か空にしていて、頬がうっすらと紅くなっている。

「あら、坊や、初めて見る顔ね？」

「は、はい！」

「緊張しなくてもいいのよ。さあ、こっちに来て一緒に飲みましょう」

「と、隣に座ってもいいですか？」

「あら、可愛い。さて、なにを飲むかしら？」

「お、お姉さんと同じものをください！」

「あら、このカクテル、坊やの口に合うかしら？　さあ、どうぞ」

「お、美味しいです！」

「うふふ、そんなにあわてて飲まなくてもいいのよ。王国が教えてくれなかったこと、あたしが教えてあげるからね……」

昼のドラマでやっていそうなチープなセリフの応酬を妄想しながら、頭の中で僕はツバを飲み込んだ。

王国で諦めかけていた「自分探し」。それが海なら果たせるのではないか。知らない世界、知らない自分、ついでに知らないカクテルの味まで、僕は知ることができるんじゃないだろうか。

緊張の中に、そんな希望を隠して、僕はその大人の海へと入港した。さっそく目の前にイタリアの景色が広がる。ヴェネツィアン・ゴンドラの漕ぎ手がカンツォーネを歌っている。大人だ、実に大人だ。老夫婦が定年祝いに見たがりそうな風景が、千葉の片隅にあるだなんて。

僕は確信した。この海こそが、僕の求めていた地だったに違いない。海と比べると、王国はずいぶん子どもだ。ヘリコプターに手を振るし、電車に乗ると靴を脱いで車窓に両手をべたっとつけて風景を見だすし、吹き替え版の映画しか観ないし、みたいな子どもっぽさが王国にはある。海にはそれがない。そう、海には落ち着きがある。この落ち着きこそが、いまの僕に必要なものだったのだ。

穏やかな波間を眺めながら、自分の人生の行く末を考える。考えることに疲れたら、アルコールで自らをねぎらう。まるでヘミングウェイのような毎日。最高だ。どうして早くに、こっちへ来なかったのだろう。

こうなったら、この海の「大人っぽさ」を全身に浴びよう。この海をひと回りする頃には、僕も急成長を遂げているに違いない。株の口座とか開き始めることになるかもしれない。お姉さん、待っていてください。僕はすぐに、お姉さんに見合う男になってみせます。そう意気込んで、僕はさっそくアトラクションを巡ることにした。

園内の奥地、鬱蒼と広がるジャングルの中に「クリスタルスカルの魔宮」はあった。「遺跡の中にあるという『若さの泉』を探すツアーに参加しよう」と謳うアトラクションである。なんでもその「若さの泉」を見つけた者には、永遠の若さが約束されるらしい。

なるほど。僕もそろそろお肌の荒れや、かかとの角質化などといった老化現象が気になっていたところだ。ここはひとつ、その「若さの泉」とやらを見つけ、ジャバジャバと豪快に顔やかかとを洗ったり、「若さの泉」の水でご飯を炊いたり、「この水でご飯を炊くと驚くほど美味しくなるばかりか美容効果もあるし、これを他の人に売るだけで一〇%のマージンが入ってくる」と友人に勧めたりしよう！　と張り切ってジープに乗り込んだ。

だが、雲行きがすぐに怪しくなる。

まず開始早々、先に遺跡に潜入していたらしきインディ・ジョーンズ博士に「お前ら！　なんでこんなところに来た！」と怒られる。初対面なのに、だ。

「いや、なんで来たと言われましても、楽しいツアーと聞いたから来たわけでして。そもそも、ここが立ち入り禁止区域なのだとしてもですよ、それをすでに先にここへ潜入していたあなたに咎められる筋合いはないのでは？」などというディスカッションをインディ博士としたくなるが、そんなひまもなく、ジープは急旋回。今度は危ない吊り橋を渡らされる。続いて、大蛇に襲われそうになる。さらにさらに、気味の悪い虫をたくさん見せられる。こっちは「美味しいご飯を炊きたい」という新妻のごときピュアな気持ちでツアーに参加しただけなのに、もう心はズタズタである。

しかしジープは止まらない。壁に並んだ不気味な石像たちが、吹き矢のようなものを放ってくる。僕がいったい、なにをしたというのか。挙句の果てには、大きなドクロが「バカ野郎」的な、「いい加減にしろ」的な、「もう遊んでやらない。お前のメアド、消した」的な、かなりストレートな悪態を吐いたかと思うと、口から空気砲を発射してくる。身体中、されるがままにその空気砲を浴び「もう心も身体も、好きなようにして」という危険な被害者意識が芽を出し始めたところで、本日二度目のインディ・ジョーンズ博士が登場。なぜかロープで宙吊りになりながら「嫌な予感がするぜ！」と叫んでいる。こっちはもう十分嫌な目にあっているのに、だ。

するとジープはようやく安全な道へ。なんとか助かったらしい。なんとそこには三度目のインディが。さっきまで罵声しか浴びせてこなかったくせに「お前たち、大したもんだよ、まったく」とダイヤモンドのような笑顔を浮かべ、露骨にほめちぎってくる。僕らはあなたの犬なのですか……？

これはもうプレイである。「痛くないよ。こっちへおいで」と甘い言葉で誘われて、言われるがまま近くに寄るとビンタの雨嵐。「ブタ野郎」「サロンパス野郎」「おもしろアプリを自慢することくらいでしか女性の気を引けない野郎」などの言葉責めを受け、心身が張り裂けそうになる直前で、「よくがんばったね」と、とびきりのスマイルをいただく。そういったプレイとまったく同じである。

おかしい。なにかが、おかしい。これは思っていた「大人っぽさ」とは、だいぶ方向性の違う「大人っぽさ」な気がする。

まあ、これはなにかの間違いだろうと気を取り直し、続いてのアトラクション「ストームライダー」へと搭乗する。これは「台風の目の中に入っていくツアー」という謳い文句であった。従業員が事前説明を行う。

「皆さんの安全は保障いたします」

当たり前だ。誰が好きこのんで、わざわざ危険なツアーに参加するものか。安全が確保されていることはツアーにおける大前提だ、いいから早く乗せろ。

僕を乗せた「ストームライダー」が台風の目に向かって発進する。

そしてすぐさま、トラブルに巻き込まれる。エンジンは停止し、ミサイルが機内に刺さり、最後は海中にダイブし、僕はびしょびしょに濡れる。搭乗出口が開くと、最初に「皆さんの安全は保障いたします」とのたまっていた従業員がふてぶてしい笑顔を浮かべて立っている。

「申し訳ございませんでした」のひと言もない。笑顔の裏で「どう？　こういうのが好きなんでしょ？　全身、濡れちゃってさあ」と言っているのかもしれない。しかし、僕は文句のひとつも言えず、「へへへ……」と濡れて透けたシャツの胸元を腕で隠しながら、そそくさとそこをあとにする。恥ずかしさがこみ上げるが、そこにゾクゾクとした快感が混じっていることに気づく……。

そのあとも立て続けにさまざまなアトラクションを巡った。

「老朽ホテルの観覧ツアーのはずが、トラブルが発生するアトラクション」

「地底ツアーのはずが、トラブルが発生するアトラクション」

「深海ツアーのはずが、トラブルが発生するアトラクション」

ツアーでトラブル発生しすぎではないのか、この海は。

しかし、絶対にトラブルに巻き込まれるとわかっていても、僕はアトラクションに次々と乗ってしまう。なぜだ、なぜなんだ。

いや、もう僕には理由がわかっていた。途中で、それに気づいていた。この海は、たしかに大人だ。むしろ、大人すぎる。というか、女王様なのである。お姉さんどころか、女王様なのである。

「ほら、トラブルに巻き込まれるってわかっていても、乗っちゃうんでしょう？　身体が快感を覚えちゃってるんでしょう？」とばかりに、僕を虐げ、侮辱し、しかし新たな快楽の扉へと導いてくれる女王様。それが、海であった。

それはたしかに「大人の世界」である。しかし、それは僕が知りたかった世界ではない。僕はここにいてはいけない。僕には、この世界は早すぎる。

早く王国へと戻らなくては。そうだ、年間パスポートもあることだし、このまま王国へと行ってもいいんだ。よし、王国へと戻ろう。僕は、ここにいてはいけないんだ！

そう決心したものの、身体は従順な犬のように、この日四回目の「クリスタルスカルの魔宮」へと足を向けていた。今日一日は、どうしてもこの海から離れられそうになかった。

羞恥と屈辱の果てにある、エクスタ「シー」を僕は知ってしまった……。

※

「この家から、出ていけ」

僕と父による冷戦は、その日の夜、突然に爆《は》ぜた。

秋も半ばを大きく過ぎた頃、僕は王国へ行くことすら億劫になっていた。

辛うじて残っている貯金も、このまま王国通いを続けていれば電車代として消えていき、春を待たずして底をつくことは目に見えていた。このままでは窮地に立たされてしまう。じっとしているより他にはない。僕はこれから来る寒い季節を「家の中でただ寝続ける」という、ヒグマと同じ発想でやり過ごそうとしていた。

「お金がないなら、働けばいいじゃない」

いまの僕の堕落ぶりを見たら、さすがのマリー・アントワネットもそんな正論を吐くに違いない。しかし、働くことはおろか、立ち上がることすら僕はままならなくなっていた。社会へと踏み出すことに、怯えすら感じ始めていた。この半年間の、家と王国との往復生活の中で、現実社会への恐怖が芽生えていたのだった。

ただベッドの上にだらしなく転がり、秋のひんやりとした空気にやがて腹を壊し、トイレへと駆け込む。腹の痛みが治まると、のそのそと部屋へ戻り、またベッドに身を沈める。自分の生ぬるい体温が残った毛布と、鈍いスプリングの音だけが、そっけなく出迎えてくれる。そんな、部屋とトイレとを行き来するだけの日々。

まるで、囚人であった。

そんな自堕落な生活を続ける僕を、父が咎めないわけがなかった。

「いい加減、働き口を探したらどうだ」

ある日の、夕刻。部屋の中でラジオを流しながら、じっと天井を見つめて眠気がやってくるのを待っていると、父が唐突にドアを開けて入ってきた。父の表情を一瞥するなり、僕は悟った。

「これが、俗に言う『堪忍袋の緒が切れた』人間の顔か」と。

父が僕の返答を待ち、僕は無視を決め込み、その無言が広がる部屋の中で、ラジオから流れる中島みゆきの歌声だけが響き渡る。

「……お前のズボンから、これが出てきた」

無言の状態が続き、中島みゆきがいまからサビのパートで「いかに人間とは愚かな生き物か」的なことを歌い上げようとした矢先、父が次の言葉を切り出した。手には、まるで玉のように丸まった無数のレシートが握られていた。

「……なんだ、これは」

それは、春からの王国通いの中で、無造作にポケットに詰め込んでいたレシートであった。チュロスやアイスクリーム、ポップコーンなどの山のようなレシートがいま、父の手の中にあった。それを見た瞬間、驚きと怒りとで、心臓の音が速まるのがわかった。

「……なんで、勝手にズボンの中を漁ったんだよ」

弾け出そうになる憤激を抑えつけながら、声を出す。その自分の声に、震えが混じっているのがわかる。

「リビングに脱ぎ散らかしてあったから、洗濯してやろうと思ったんだ。そしたら、これが出てきた」

中島みゆきから、ゆずへと曲が変わる。「人間はわかり合える」的な曲が、実に無責任な感じで僕と父の間に流れる。

「働きもしないで、遊んでばかりじゃないか。あんなところに、毎日行っていたのか？　誰と行ってたんだ？」

言えない。ひとりで王国に行っていただなんて、父に言えない。

「お前はいったい、なにを考えているんだ」

押し黙る僕に向かって、父は圧のある言葉を叩きつけてきた。

「……働く気がないなら、この家から、出ていけ」

そして、ドアが閉まった。

ゆずはまったく空気を読まずに「人間って素晴らしい」的なことを高らかに歌い上げている。殴るようにラジオの電源を切り、僕は家を飛び出した。

秋の夜の冷たい空気が肺に痛かった。

もうあの家には帰れない。今夜はどこに泊まろうか。コンビニのATMに寄り、全財産を引き出す。五万円にも満たない現金と、携帯電話と、携帯電話の充電器と、王国の年間パスポート。それだけが僕の持っているすべてだった。

「お前はいったい、なにを考えているんだ」

頭を冷やし、いま一度、父の問いかけを反芻する。冷静になったいま、その問いかけに対する答えはただひとつだ。

「なにも、考えていない」

これが、偽らざる本音であった。自分の本音ながら、あまりの情けなさに、ひざから崩れそうになる。

ほんとに、なにも考えずにここまで生きてきた。どこを切ってもなにも考えていない、「無思考の金太郎飴」みたいな人生を送ってきた。


「まさか、二十歳を過ぎて家出することになるなんて……」

最寄りの地下鉄駅の改札前で、僕は呆然と立ち尽くす。改札からは、家路へと急ぐ人の群れが抜けていく。どの人にも、帰る家がある。僕には、帰る家がない。自身の孤独が浮き彫りとなり、不安が泡立つ。

「ただいま」が言える場所を失った時、人はこんなにも心許ない気分になるのかと、この時初めて思い知った。そして、自分がいままで「家の安心感」に大きく依って生きていたという事実にも、改めて気づかされる。そうだよな、帰れる場所があるから、毎日舞浜へと出かけることができたんだよな。

寄る辺のない心地に襲われる。それを振り払うかのようにして、駆け足で改札をくぐり、地下鉄の車両に乗り込む。ドアが閉まる。発車する。僕は家から、離れていく。

　さて、ここからどうしよう。さしあたっての問題は、今夜の宿だ。どこで一晩を過ごせばいいのか……。頼れる友人はいない。かといってホテルに泊まれば、一瞬にして無一文に成り果てる。となれば、マンガ喫茶かカプセルホテルあたりが妥当であろう。しかし、暗くて狭い個室に自分が収まっているところを想像すると、強い絶望が押し寄せる。それはまるで、棺のミイラ。その先に未来など続いていない、人としての完全なる行き止まり。

　地下鉄に揺られながら、逡巡する。自分は一体、どこに漂着すればいいんだ？　答えは出ない。やがて車両は終着駅へと到着する。僕は地上に上がり、京葉線に乗り換える。車窓の先に、深い墨を流したような東京湾が広がっている。ぽつりぽつりと、屋形船の灯りが点在している以外には、静かな闇が続く。やがて先に、馴染みの景色が見えてくる。強い光線を浴び、そこだけが不夜城のように浮かび上がっている。王国だ。

　結局、いまの僕が辿り着ける場所は、ここしかない。舞浜駅の改札を出ると、わずかな安堵を得ている自分に気がつく。

　しかし、王国はすでに閉園時間を迎えていた。プロムナードからは、お土産の詰まったビニール袋を両手に抱えた人々が、舞浜駅へと流れ込んでくる。僕はひとり、その波に逆らうように歩を進め、王国のゲート前に立つ。

「お、最近顔見せないから、どうしていたかと思ったよ」

「……大阪に行ったり、キミの周りのイクスピアリや海をウロウロしたり、あとは家でゴロゴロしたりしていたよ」

「そう。会えて嬉しいよ。おかえりなさい」

「ただいま」

「でも今日は、もう終わりなんだ。帰ってくれるかな？」

「……わかってるさ」


そして僕は、自棄《やけ》を起こした。どうせ僕には、帰れる場所なんてない。明日のことなんて、考えたくもない。

ずっとここまで、なにも考えずに生きてきた。いまさら自分の行く末を考えることなんて、僕には無理だ。ここで全部捨ててしまおう。お金も、未来も、なにもかもを捨ててしまおう。心が暴れる。もう、どうだっていい。

ゲートから歩いて数分の、王国公認ホテルのカウンターの前に、僕は立つ。

「今夜、泊まれる部屋はありますか……？」

「ございますよ。一泊でよろしいですか？」

「……三泊で」

ここに三連泊もすれば、僕の懐事情はすべてふっとばされる。もう、それでもよかった。やぶれかぶれになっていた。どこか他の地に移動する気力も消え失せていた。

ひとりでは大きすぎるベッドに、身をゆだねる。柔らかい。やっと横になれて、人心地がつく。捨て鉢の気分が、ようやく落ち着いてくる。そして代わりに、強い自責の念が現れる。どうして僕はこんなところで、こんなことになっているのだろう。僕は、これからどうしたらいいのだろう。

考えるのは、苦手だ。

そして僕は、すべてから逃げるようにして、眠った。

眠って、眠って、朝日が昇っても眠り続けて。

結局、三泊四日、王国にも行かず、ずっとベッドの上にいて。

家を飛び出して四日目、ホテルから放り出された朝十時。携帯電話を開いてみても、メールは一件も届いてはいなかった。

※

僕は、王国のエントランス、入場ゲートを抜けてすぐのところのベンチに腰を下ろしていた。

目の前に、ワールドバザールが広がっている。王国を訪れる者なら、必ず行きに一回、帰りに一回、通らなければならないショッピングエリアである。ワールドバザールを抜けた先には、シンデレラ城が佇んでいる。

ワールドバザールは活気に満ちながら、大勢の人々を迎え入れている。秋から冬へと変わろうとする中で、ワールドバザールの入り口には早くもクリスマスの飾りつけがされてあった。

僕はそのワールドバザールで買い物を楽しむことができない。ホテルに連泊したことで、僕にはもうお金がない。ついでに言えば、帰る場所も、もうない。

僕にはもう、年間パスポートを握りしめて王国へ入ることしか、手段が残されていなかった。横たわる膨大な日中の時間を王国で潰す以外に、なす術はなかった。

今日、王国が二二時の閉園の時間を迎えたあと、僕はどこに帰ればいいのだろう。途方もない絶望を、ベンチの上でただ持て余す。

王国に入場したものの、ワールドバザールの前から動けない。その先に広がる「夢の世界」に身を浸す余裕も、ゲートから退場する勇気もなく、僕はただそこで足を止めていた。いわば、夢と現実の間で、揺らめいていた。

ワールドバザールの前の広場では、王国のキャラクターたちが手を振り、スキップをしながら、人々を出迎えている。人気のあるキャラクターの前には、長蛇の列ができている。逆に、人気のないキャラクターは、ふらふらと歩いている。

特に人気がないのは魔女。魔女が近づいていくと子どもも大人も目を合わさないようにして足早で逃げていく。同じキャラクター仲間である白雪姫や王子様たちまでもが、魔女が近くに来ると、さっと避けていく。その魔女の姿を目で追っているうちに、なんだか同情のような気持ちが湧き起こり、僕は思わずベンチから立ち上がり彼女のそばへと近寄った。すると、魔女が僕を見るなり、さっと逃げていった。

なにかの間違いだろうと思うことにして、再び僕はベンチに座る。四日間、一度も着替えていない服。王国の入場口付近をうろつく、不審な男。魔女が逃げるのも、しかたがない気がした。

僕はもう「終わって」いるのかもしれない。生きる意味さえ、見当たらない。寂寥と無念とに包まれる。しかしその一方で、この広場の景色の中に、どこか懐かしい記憶が先ほどから見え隠れしていた。

頼りない記憶の紐を、手探りでつかもうとする。すると、一本の紐に行き当たる。その記憶の紐を力強く引いた瞬間、忘れていた幼き日の思い出が、そこに散らばった。

秋の終わりに、僕は五歳の誕生日を迎えた。すぐ犬に噛まれたり、お返しとばかりに犬を噛んだりする落ち着きのない子どもだったが、父も母も僕のことをとても可愛がってくれていた。

「誕生日プレゼントは、なにがいい？」

僕は父に、物ではないものをねだった。

「王国に、連れて行ってほしい」

父は車に僕を乗せて、舞浜へと走った。初めての、王国。

それは、記憶の中で、最も古い、父とふたりきりの思い出だった。

エントランスに広がる景色に、僕は目を奪われた。アニメの中でしか見たことのなかったキャラクターたちが、いま目の前にいる。ピーターパンが僕の手を引き、プーさんが抱きしめてくれる。僕は無邪気な笑い声を上げ、父が目を細めてそれを見ていた。

そして、ワールドバザールを抜けて、王国の中心部へと向かい、親子の時間を楽しむ。普通なら、そういう流れになるはずだった。しかし僕は、犬に嚙まれたり、犬を嚙んだりする、少々「難」のある子だった。だから少々「難」のある選択をした。僕は、ワールドバザールへと向かわず、ずっとエントランスに居続けたのだ。なぜか。

「僕も、キャラクターの一員になりたい」

そう強く願ったからであった。

ゲストたちを迎えるキャラクターに、とても憧れた。憧れすぎて、自分もキャラクターとしてゲストたちを迎え入れたい。サービスを受ける側ではなく、サービスを与える側になりたい。「難」のある五歳児の、「難」のある切望であった。

どうすれば自分もキャラクターになれるであろうか。どうやればゲストたちが騙されて僕に寄ってくるだろうか。どんな方法を用いればゲストたちにキャラクターとしてちやほやしてもらえるのであろうか。思えば、それは生まれて初めて抱いた自己顕示欲であった。

他のキャラクターたちを、じっと観察する。まずは生身の人間である自分と、着ぐるみであるキャラクターとの違いを見つけよう。すると、あることを察した。

まばたきだ。キャラクターたちは、まばたきをしていない。

そこからさらに注意深く観察を続ける。やがて、もうひとつ、重要な点に五歳の僕は気がつく。

喋っていない。キャラクターたちは一切声を発していない。

あとはもう、しめたものである。僕は喜び勇んで、口を閉ざし、目を見開き、エントランス中を徘徊して回った。

「あら、可愛い」

「このスポーツ刈りの男の子は、なんの映画に出ていたキャラクターかしら？」

「お願い、握手して」

女子大生のお姉さんに声をかけられるところを想像して、思わず顔がにやけそうになるが、表情を崩さないこともまたキャラクターの大切な条件であると自戒して、気を引き締める。

僕は、まばたきを堪えながら、何時間も徘徊を続けた。秋の終わりの乾いた空気が、瞳の水分を奪い、ヒリヒリと痛かった。ただ歩き回るだけではダメだと思い、たまに独自すぎるタップダンスや、スキップもどきを披露した。そんな努力もむなしく、誰もが声をかけずに僕の前を通りすぎていった。

当たり前だ。本人はすっかりキャラクター気取りだが、傍から見れば鼻の下がなにかの汁でガビガビになっている児童が、まばたきをせずに無言で一心不乱に歩き回り、奇妙なステップを時折思い出したように繰り出しているだけなのである。それは解釈の難しい光景でしかなかった。声をかける者がいないのは当然である。

父は、そんな僕のことを、ずっと笑顔で、ベンチから見守っていた。

そして、誰からも声をかけられず、うなだれてベンチへと戻った僕に、

「目、痛いだろう？」

と微笑みかけた。小さく頷いた僕に、父は目薬をさしてくれた。大人っぽい薬品の匂いが、鼻に抜けていった。そして、

「さあ、なにから乗ろうか」

とワールドバザールへ僕の手を引いた。

そうだった。誰も声をかけてくれなかったけど、父だけが声をかけてくれたんだった。

頭の底で眠っていたその記憶を、僕はエントランスのベンチの上で呼び覚ました。いま僕が座っているベンチは、あのとき父が座っていたベンチ。

急に、誰かに会いたくなった。

僕は、やっとベンチから立ち上がる。

「……よし、行こう」

ワールドバザールの前に立つ。シンデレラ城が、いつも通りの現実離れした佇まいでもって、思い詰めた僕を遠くから招いていた。

冬

幼き日、父と訪れた王国。

夕暮れ迫る中、「蒸気船マークトウェイン号」に親子で乗船した。大きな川を、蒸気船がゆっくりと旋回していく。ふと見ると、川沿いでロッキングチェアに座りながら、ひとりの老人が川面に釣り糸を垂らしていた。王国で釣りなんてしていいの……？　と驚き、よくよく目を凝らすと、その老人は本物の人間ではなく、精巧につくられたロボットだった。深い皺の皮膚感や、顎にたたえる青い髭まで、見事に再現されている。

あの老人は、これまでもこれからも、釣れることのない魚を待ちながらあそこでずっと、ひとりなんだ。来園者たちが去っても、暗い夜の中、ひとりで釣り糸の先を見つめ続けているんだ。西日を受けながら椅子に揺られる老人を眺め、幼き日の僕は言葉にならない一抹のざわめきをおぼえた。まだ「孤独」という言葉は、知らなかった。

そして、いま。

僕は、孤独を抱え、ひとりで王国を歩いている。海沿いの王国がもたらす冷たい風は、寂寥感を執拗にあおってくる。

ああ、家に帰りたい。切にそう思う。無造作に冷蔵庫を開いて卵かけご飯を食べたり、それを親に咎められたりする、ついこないだまで存在していたあの日々が、いまはとても懐かしい。家に、帰りたい。

しかし、家にはもう帰れない。

「この家から、出ていけ」

父の言葉が、まだ鼓膜に残っている。ああ言われてしまっては、心は完全に体育座り、家に帰りたくとも帰れるわけなどない。どんな顔をして玄関を開ければいいのか、父と会ったらなんて言葉を交わせばいいのか、想像するのも苦しかった。


あてどもなく、ワールドバザールを進む。

ワールドバザールは王国で唯一の、屋根に覆われたエリアである。通路わきには大量の風船をブロッコリーのように束ねている、風船売りのキャストがいる。子どもがそのキャストから風船を受け取っている。しかし、指を緩めてしまったのか、風船はその子の手に渡ることなく上へと昇っていき、天井にくっついてしまう。こうした無念の風船が、閉園間際のワールドバザールの天井にはいくつも散らばっている。不思議なのは次の日の朝に王国を訪れると、それら風船は跡形もなく消えているという点である。聞いた話だと、長い棒の先にくくりつけた針で、閉園後にひとつひとつ天井の風船を割っているそうだ。しかし、近くにいるキャストに「どうやってあれらの風船を消したのか」と尋ねても、きっと本当のことは教えてくれない。代わりに「魔法で消したんです」という答えが返ってくるはずだ。

僕のこのわだかまりも、明日の朝になったら、魔法の力で跡形もなく消えていればいいのに。そんなことを思う。

ワールドバザールを出る。さて、どうしようか。僕は一瞬足を止めて、考える。

金銭面から考えても、ひとりで王国に来るのは、きっと今日が最後になるはずだ。いや、最後にしなければならない。僕は、いつまでもここに帰ってきてはいけないんだ。ここには、僕の行く先に続くようなものは、なにもない。

今日、王国と決別しなければならない。王国に、別れを告げなければならない。

そうだ、今日は王国を一周しよう。思い残すことはないように、ひとつひとつのアトラクションを巡ろう。お別れの巡礼儀式だ。そう決意して、左に進む。まずはアドベンチャーランドへと足を踏み入れる。ボンボコボンボコ、未開の部族が太鼓を叩く音が響く。最後の、冒険だ。

「スイスファミリー・ツリーハウス」の巨木がそびえ生えている。もう冬のあたまだというのに、その人工の三〇〇万枚の葉たちは今日も青々と茂っている。「カリブの海賊」の入り口に掲げられたドクロマークの旗が、北風にはためく。

アドベンチャーランドの中心部には、「ウエスタンリバー鉄道」と「ジャングルクルーズ」の出発口がある。

ウエスタンリバー鉄道には四つの車両があり、それぞれに「アメリカの河の名前」がついている。「ミズーリ号」「コロラド号」「ミシシッピ号」「リオグランデ号」である。もしもこれを日本式に置き換えるなら「利根号」「石狩号」「四万十号」「阿武隈号」といった感じか、まったく雰囲気が出ないなあ、なんて僕はアドベンチャーランドの真ん中でぼんやりと思う。

一方、「ジャングルクルーズ」には一三艘のボートがあり、こちらはそれぞれが「河の名前」と「女性の名前」を組み合わせたボート名になっている。「ナイル・ネリー」や「コンゴ・コニー」といった感じである。これも日本式に置き換えてしまうと「利根よし子」や「石狩あけみ」といった感じになるので、やはり雰囲気は出ない。

船や車両に名前がついているように、僕にもまた名前がついている。親は息子の行く末にどんな願いを込めて、僕に名前を授けたのだろう。少なくとも「大きくなったら、ひとりで王国に行く子になりますように！」という願いが込められていないことだけは、確かである。

アドベンチャーランドからウエスタンランドへと移り変わる途中に、「魅惑のチキルーム」はある。たくさんの鳥たちが、今日も僕を出迎えてくれる。

小学生の頃、近所の神社の縁日でヒヨコが売られていた。僕は、お小遣いをはたいてそのヒヨコを購入した。「ピヨピヨ」と小さく鳴く生き物を家に持ち帰ると、母は「ああ、息子がめんどくさいものを買ってきた……」と露骨に表情を曇らせた。一方の父は、無言で飼育小屋を建ててくれた。僕のヒヨコはあっという間にその小屋の中で、大きな雄鶏へと成長した。

朝になると、鶏は町内全域に響き渡るほどのけたたましい鳴き声をあげる。おかげであの頃、うちの家族は毎日寝不足であった。

しかし、数年後。鶏は徐々に衰弱していき、最後は小屋の中で倒れ死んでいた。母は「これでようやくノンレム睡眠できる」とばかりに安堵の表情を浮かべていたが、僕は鶏の死が悲しくて涙をこぼした。腕の中で抱いた鶏は冷たく、岩のように硬かった。父は黙々と庭を掘り、鶏の墓を作ってくれた。

あれ以来、うちでは生き物を飼うことはなくなったな。頭上で高らかにハワイアンソングを歌い上げる鳥たちを眺めながら、そんなことを思い出す。素敵な歌声だ。うちにいた鶏とは、大違いだ。

ウエスタンランドへと足を踏み入れる。

すぐ目の前に「カントリーベア・シアター」という劇場がある。この劇場内では、一八頭のクマたちが、陽気な歌や踊りを披露してくれる。ロビーでは鳩時計ならぬ蜂時計があったり、「見ザル・言わザル・聞かザル」ならぬ「見グマ・言わグマ・聞かグマ」が彫られた木柱があったりと、クマに基づく世界観が展開されている。

父は、クマが苦手だ。

小学生の頃、家族で山へキャンプに出かけた。ひとり渓流釣りへと川に下った父は、そこでツキノワグマの親子に遭遇した。突然のクマ出現に、父は慌てふためいた。そして、すみやかにパニックに陥った。こういうときは、どんな対処をすればいいんだ？　頭が真っ白になった父がそのときとった行動、それは「木に登る」でも「死んだふり」をするのでもなく、「胸を両手で叩く」であった。

突然、ゴリラのように胸をドラミングし始めた人間を見て、そのツキノワグマの親子は小首を傾げ、茂みの中へと消えていったという。

命からがら生還した父は、焚き火の前でそのときの様子を何度も何度も興奮しながら喋った。僕は真っ青な顔で胸をドンドンと叩く父の姿を想像して、ゲラゲラと笑った。

それ以来、父はクマが苦手となり、動物園に出かけた際もクマの檻にだけは絶対に近寄らないようになった。

「カントリーベア・シアター」は劇場型アトラクションなので、座席がある。上演時間が長いアトラクションであるため、家族に連れ回されて疲れ切ったお父さんたちがここでイビキをかいて寝ていたりする。そんな寝入るお父さんたちの姿を見ながら「もしかしたら寝ているんじゃなくて、目の前にクマが現れたから、死んだふりをしているのかもな」なんてことを想像したりする。そしてその「死んだふり」をしているお父さんたちに、あの日、クマに遭遇した父を重ねる。

ウエスタンランドを奥に進むとジェットコースター型アトラクション「ビッグサンダー・マウンテン」が空を突き刺している。

この赤茶けた風貌のアトラクションは、ゴールドラッシュの鉱山をモデルにしている。金塊が掘り尽くされて、廃墟のようなわびしさをたたえた「ビッグサンダー・マウンテン」であるが、機関車スタイルのジェットコースターで駆け抜けている最中のトンネル内に、砂金が流れ出ているポイントを見つけることができる。途中の掘っ立て小屋からは、炭鉱員たちの話し声が漏れ聞こえてくる。まだ夢を諦めていない男たちの話し声である。

僕は夢を諦めた男なのだろうか。いや、そもそも夢なんてあったのだろうか。

春、僕は父に将来の夢を問われ「きこりになりたい」だの「スーパーマリオに憧れている」だのと、ふざけた回答をした。なにも、考えていなかった。そしていま。冬を迎えようとしているというのに、僕はまだ将来に対してなんの夢も展望も抱いていない。惰性で過ごす日々が、さらさらと指の間から砂金のようにこぼれ落ちていっただけである。なにも残さない日々を悔いたところで、もう遅い。

「ビッグサンダー・マウンテン」の横に、「ウエスタンランド・シューティングギャラリー」というアトラクションがある。西部開拓時代の酒場に向かって、バンバンと銃弾を撃ち込むという、なかなかに狂ったシチュエーションのアトラクションだ。酒場の中に点在する、小さくて赤い的に向かって、銃を構える。酒場の中では保安官や酔っ払いの客がうたた寝しているが、ゲストたちはおかまいなしに銃をぶっぱなす。

銃を向けられているというのに、保安官たちが覇気なく淀んだ目をしているのには理由がある。この酒場の隣の銀行で先日大きな強盗事件があり、それを取り逃がしてしまったために保安官たちは一様にやる気を失っている、というバックストーリーがあるのだ。

高校生の頃、自転車通学中にズボンのうしろポケットにつっこんでいた財布を落としてしまい、ひどく打ちひしがれたことがある。大した額など入っていなかったというのに、自暴自棄になり、ヤケ酒ならぬヤケ水道水をあおり、「もうこんな思いをするくらいなら、二度と財布なんか持たない。自給自足の生活をして生きていく」という非常に頭の悪い理由によるナチュラル派への転身宣言をして、母を困らせたりした。そんな僕の様子を見かねた父が「これ、使え」と財布を差し出してきた。父が昔使っていた、古い財布だった。受け取り、中を見ると、一万円が入っていた。

あれは父が抜き忘れた一万円だったのか、それとも自棄を起こした息子に対する無言の餞別だったのか、いまだにわからないでいる。僕はあの一万円を、なにに使ったんだっけ。たしか水道水の味に飽き始めていたところだったので、全額ペプシに費やした気がする。

つくづく、自分はダメな息子という気がしてきた。

ウエスタンランドから脇道を抜けていくと、そこがクリッターカントリーである。「スプラッシュ・マウンテン」の裾野に広がる、小動物たちの楽園だ。

エリアの地面には、たくさんの小さな足跡が続いている。ウサギやネズミ、リスと思われる動物たちの足跡である。その足跡を辿っていくと、必ずどれもが小さな家へと続いている。どの小動物も、家へと帰る途中だったのである。僕だけが、帰る家のない、中肉中背の哺乳類である。

「スプラッシュ・マウンテン」を見上げる。叫び声を上げて、ボートに乗った人々が滝つぼへと落下していく。その刹那、フラッシュが光る。落下中の人々の顔を写真に収め、ボートから降りたところで販売しているのである。この写真、誰が撮っている設定になっているのかというと、蛍である。写真の販売所の上には、ちゃんとその蛍のオブジェが飾られている。「川沿いで光る」ということで、蛍なのだ。王国の細やかな演出がまたそこには光っている。

　父には、ドライな一面があった。僕が中学生の頃、家族で訪れた温泉旅行。夜、旅館の近くの川沿いを散歩していると、蛍の光が瞬いていた。その幻想的な光景に僕は目を奪われ、口を開けて見とれた。そのときである。父がパッと手を伸ばしたかと思うと、蛍を空中キャッチ、手の中でぐったりとのびたそれを息子である僕に見せ「見ろ、けっこう気味悪い形をしているぞ」とのたまった。突然のことに僕は驚きつつも、これは父からの「美しいものにも、陰がある」とか「輝いているものに、騙されてはいけない」的な、教訓めいたメッセージなのではないかと解釈し、父の次の言葉を待った。しかし父は「本当に、気味悪いな」と言っただけで、あとは手の中の蛍をポイッと草陰に放ると、スタスタとひとりで旅館へと帰ってしまった。教訓やメッセージなどではなく、本当にただ単純に「なんかホタルを摑んでみたら、気持ち悪かった」ということを伝えたいだけだったのだ。

父は時折、こういった乾いた一面を見せる。息子である僕に対しても、興味があるのかないのかわからない態度を取る。そして僕はいま、そうした父に対して、どう距離を取っていいのかわからなくなっている。

横のアメリカ河を、カヌーに乗った一団が、櫂をかき通り過ぎていく。「ビーバーブラザーズのカヌー探険」だ。乗り合わせたゲストたちが、力を共にしてカヌーを漕いでいる。みんな、笑顔だ。他人同士でも、あんなに楽しくやれるのに。どうして家族は歯車が合わなくなってしまうのだろう。

クリッターカントリーを出ると、そこはファンタジーランドである。「ピーターパン空の旅」の前には、たくさんの人が行列をなしている。昔からいまに至るまで、衰えぬ人気を誇っているアトラクションである。

ピーターパンは、永遠の少年だ。友だちを求め、毎晩ロンドンの空を飛び、出会った子どもをネバーランドへと連れて行く。暗闇の中、時計台「ビッグ・ベン」の針の上にひとりで立つピーターパンを想像し、彼の背後にゆらめく孤独に僕は共振する。

子どもの頃、「これができたら大人！」として思い描いていた三か条がある。

「ジャズを好んで聴く」

「飛行機のチケットを自分で手配する」

「新聞の経済欄に目を通す」

の三つである。

そして成人したいま。ジャズなど聴いていないし、飛行機のチケットなどいまだ自分の力で買ったことはないし、新聞もテレビ欄と四コマ漫画のところしか読んでいない。なんて有様だろう。

あの頃に掲げていた三か条をひとつもクリアしていない僕は、ピーターパンと同じで、大人になれていないのだろうか。いや、ピーターパンと自分を同列にすることすらおこがましい。僕は飛行機のチケットの買い方もわからないような人間なので、飛ぶことすら叶わないのだ。

よく思い返したら、あの「大人の三か条」はすべて父の姿を参考にして打ち立てたものであることに気がついた。小さいときから、僕は父の姿をよく見ていたのだろう。

「ピーターパン空の旅」の向かいには、「空飛ぶダンボ」がある。耳の大きなゾウが、空を滑空している。みんな、空を飛んでいる。僕だけが、飛び立てないでいる。

ファンタジーランドの隅に、ひっそりと「ホーンテッドマンション」が佇む。その不気味な屋敷の前には墓石がいくつも朽ち果てている。

僕の祖父は大晦日に亡くなり、祖母は正月に亡くなっている。なので我が家の墓参りは命日に合わせて年末年始に行われる。一年のうちで最もゆっくりしたい時期なのに墓参りをしなきゃいけないなんて。子ども心に祖父母に対して「亡くなるんなら、もっと空気を読んでくれよ」と思ったことを覚えている。

小学生の頃に訪れた墓参り。小さな墓に水をかけていると、父がボソッと「いつかオレもお前も、この墓に入るんだぞ」と言った。「わあい！　死んでも家族一緒なんだね！」なんてトリッキーな感情など湧くはずもなく、骨になって墓の下にいる自分や父を想像し、骨が混ざってしまうのではないか、自分の肋骨と父の恥骨が入れ替わってしまうおそれがあるんじゃないのか、自分の骨には名前を書いてから死にたいものだ、などと墓の前でソフトに鬱が入った。

もうすぐ、また年末がやってくる。

「アリスのティーパーティー」がファンタジーランドの中央で無数のカップを回している。

ひとりでそれに乗り込み、力いっぱい輪型のレバーを回す。「それ以上回したら、バターになっちゃうよ」というくらいに、回す。身体の軸がぶれ、束の間、自分の存在点を見失う。このまま世界に溶けてしまいたい、消えてしまいたい。そんな甘い自己破滅願望が湧き起こる。しかし、カップはやがてその回転を緩めていく。こうして、ただフラフラと乗り物酔いをした男だけが取り残される。三半規管が乱された。気持ち悪い。そう言えば、昨日からなにも食べていない。

「アリスのティーパーティー」に酔った僕は、「ミッキーマウス・レビュー」でしばし休憩を取る。劇場型のアトラクション、キャラクターたちがオーケストラを編成し、名曲の数々を演奏してくれる。座席に深々と座り、酔いが醒めるのを待つ。

キャラクターたちは、どこか古ぼけて見える。演奏もどことなく、すが入っている気がする。もうすぐこのアトラクションは閉鎖され、別のアトラクションに変わるという噂を聞いたことがある。寂しいが、しかたのないことでもある。この王国は、進化をやめない。永遠に完成されることのない王国なのである。

では、家族は？　家族はいつか、完成するのだろうか？

王国の一番奥にあたる場所に「イッツ・ア・スモールワールド」が存在する。

各国の子どもたちが「世界って実に小さいぜ。さあみんな、手をつなごう。そうすれば世界はいつまでも平和さ」と歌い上げる。

なんで子どもにこんな崇高なことを言われなくてはならないのだろう。子どもなんだから世界平和のことなんか気にしていないで、「割りばしと輪ゴムだけで鉄砲を作ろう」とか「デパートの家具コーナーで店員の迷惑そうな顔を全力で無視してかくれんぼをしよう」とか「毛虫を躊躇なく踏もう」などといったことでも歌っていればいいのだ。

妙にささくれだった気持ちになっていた僕は、「イッツ・ア・スモールワールド」のボートの中でひとり、苛立つ。その苛立ちをぶつける相手もいない現実に、さらに苛立つ。自分は実に、矮小な世界観で生きている。嫌になる。


ボートから降りると、そこには「ピノキオの冒険旅行」がある。ピノキオは、ウソをつくと鼻が伸びる、木の人形の子どもである。

僕は、よくウソをつく子どもだった。「さっき、駅前をカバが歩いていた」「駅前から怪獣がこっちに来る」「夏だけど、さっき駅前でサンタに会った」そんな他愛もないウソをよくついた。なぜ駅前を軸にしたウソばかりついていたのかは、よくわからない。そんな僕のウソに対して、父も母もおおげさに驚いた振りをして、付き合ってくれていた。

幼稚園児だった頃の、ある日。僕の家に同い年のいとこである、よっちゃんが遊びにきた。

僕とよっちゃんは、庭の小さな池の中で泳ぐ金魚を眺めていた。すると、水面に身を乗り出しすぎたよっちゃんは、バランスを崩して池に落ちてしまった。幼きよっちゃんは泳ぐこともできず、しばしもがいたのち、背を上に向けて、静かに浮いた。おでんの鍋に浮かぶがんもどきみたいだなあ、としばらくそれをぼんやり眺めたのち、いや、これは大変なことが起きたとようやく状況を悟った僕は、家の中にいた父に「よっちゃんが池に浮いてる」と伝えに行った。

しかし父は「これもいつものウソに違いない」と相手にしなかった。

これはまずい。こうしている間にも、よっちゃんは天国への階段を二段飛ばしで上っていってしまう。子どもながらの少ないボキャブラリーを駆使して「浮いてる」「死にそう」「がんもどき」と何度も繰り返す。その僕の必死な表情にようやく父はハッとなり、池へと向かった。そして浮いているよっちゃんを発見、すぐさま救出し、なんとかよっちゃんは一命を取り留めた。

温かいお湯によっちゃんを浸けながら、父は僕に向かって「なんで早く教えなかったんだ」と叱った。

いや、だから必死で伝えてたっつーの。などと弁解できる言語能力も持ち合わせていなかった幼稚園児の僕は、ただ黙ってそこに立っていた。その日から、父に対して無邪気なウソをつくことは、やめてしまった。


王国は、夜へと差しかかる。このままファンタジーランドを出ると、その先はトゥモローランド、「明日の国」である。

この王国は、ワールドバザールから左回りに、徐々に時代が刷新されていくように設計されている。最初は未開拓のジャングル地帯、アドベンチャーランド。次に古き良き西部時代、ウエスタンランド。そして近代が描いた幻想の世界、ファンタジーランド。最後に控えるのは、未来への希望が詰まった、トゥモローランド。

テクノ調のBGMが、夜のトゥモローランドに鳴り響く。無機質な調べは温度のない風景の解像度を高め、荒涼とした気分をやたらと煽る。僕はふっと、そこで足を止める。

トゥモローランドへ進めば、それで王国はおしまいだ。「スタージェット」の旋回する小型ジェットでまた乗り物酔いしようとも、「ミクロアドベンチャー!」で自らの身体を小さくしようとも、「グランドサーキット・レースウェイ」で慣れない車の運転の練習をしようとも、それは一瞬の現実逃避に他ならない。

このトゥモローランドの先には、無情にも明日が続いている。その明日の先に、僕は光を見出すことができない。家路を見出すこともできない。

ふと左手を見る。ファンタジーランドとトゥモローランドの狭間、夢と現実の狭間、そこにトゥーンタウンがある。それは、キャラクターたちの住宅エリア。彼らにもまた、帰る家があるのだ。

いままで「さすがにここは子どもっぽいよな」とひとりで立ち入ることをしなかったそのエリアに、初めて足を踏み入れた。そしてまっすぐ、「彼」の家を目指した。

とにかく、誰かに会いたかった。


ここは、王国。王国と言うからには、王がいる。彼こそが、この王国の、ネズミの王様。その家では、いつでも彼と謁見することができる。

彼は、自宅で映画を撮っている。その撮影の合間に、訪れたゲストたちを出迎えている。世界的なスーパースターである彼は自宅の納屋を撮影スタジオに改築している。庭では野菜を育て、鶏を飼育し、自給自足の生活を送っている。ランドリーでは彼の下着が洗濯され、暖炉はパチパチと穏やかな炎をたたえ、留守番電話からはひっきりなしに仲間からの誘いの声が流れる。自宅隣には、恋人ネズミの家がある。静謐で、洗練され、満ち足りたその生活に、僕はただ驚く。

僕のくすんだ生活は、彼の生活に比べると、見る影もない。僕はこの自分の生活を、変えなければいけない。でも、どうすれば変えられるのか、それがわからない。

彼の家のガラスケースには、たくさんの鍵が飾られている。アナハイム、フロリダ、パリ。彼は世界各国にいくつも自宅を持っている。その自宅にいつでも行き来するための鍵。「ただいま」が言える場所が、彼にはたくさんある。

「一名様ですか？」

人差し指を立てて、女性キャストが確認してくる。僕は目を合わせずに、

「はい」

と答える。

「ではこちらへどうぞ」

と彼がいる撮影スタジオの前に通される。その「ではこちらへどうぞ」の声にどこか聞き覚えがあった僕は顔を上げる。そして思わず、

「あ」

と声をあげる。

その女性キャストは、春の僕に王国通いのきっかけをSNSで作った、あの女の子であった。高校生の頃、ちょっと好きだった、あの子であった。

彼女も僕の顔を認め、「あら？」と声をあげる。

「なんでひとりで来ているの？」

彼女は、そんなことを聞かない。静かに微笑んで、「久しぶり」とだけ声をかけてくる。僕は、戸惑いながらも「ああ、久しぶりだね」と声を返す。本当に、久しぶりだ。久しぶりに、人と喋った。久々に声帯を震わせて出した僕の声は、雪を踏んだような鈍い響きをしていた。気恥ずかしさよりも、淡い喜びが先に沸き立つ。

元気だった？　楽しくやってる？　王国での毎日は幸せ？　もし彼女に会ったら、聞こうと思っていた数々の質問を、グッと飲み込む。僕のことを彼女は覚えていてくれた。もうそれだけで十分だ。ここ千葉県の西の果てに、僕の顔を知る人がいる。僕のことを微笑みながら受け入れてくれる人がいる。そのことが、妙に嬉しかった。

彼女に案内されて、撮影スタジオの入り口の前に立つ。「またね」と彼女は僕に告げて、持ち場へと戻っていく。彼女の背中に「うん、またね」と言葉をかけようとした瞬間、扉が開く。その向こうで、ネズミの王様が、こちらに手を振っている。

彼は、笑顔で僕を迎えてくれる。ひとりで訪れた僕のことを邪険にせず、温かく柔らかい手で握手してくれる。

彼は、言葉を発しない。「どう？　楽しんでる？」そんなことをジェスチャーで伝えてくる。「まあ、気楽にいこうよ」とばかりに、僕の肩を軽くポンポンと叩いてくる。思わず笑顔になっている自分が、そこにいる。笑っている。自分はいま、笑っている。

彼は最後に「この王国をまだまだ楽しんでいってよね」とばかりに、ハグをしてくれる。誰かに抱きしめられたのは、いつぶりだろう。少し動揺するが、すぐに彼の胸の中で真綿のような安心感に包まれる。さっきまでの焦燥や苛立ち、憂いや気の重さが、一瞬ではあるが消えていく。魔法のような時間。

「キミは、ひとりじゃない」

スタジオから去る僕に向かって手を振る彼が、そう励ましてくれているような気がした。

彼の家を出た僕は、不思議な心地に包まれた。

彼は言葉を持っていない。それなのに、他者と穏やかな時間を紡ぐことができる。

僕は言葉を持っている。それなのに、父とはいつも殺伐とした時間を共有している。一体、僕にはなにが欠けているんだろう。ネズミの彼は、なにによって他者との柔らかな交流を可能にしているんだろう。

そして僕はハッとする。態度だ。言葉を持たぬネズミの王様は、しかし態度だけで見事に僕とやり取りを図っていた。

目の前の他者を受け入れる、敬意の態度。

言葉がなくても、それは示すことができるんだ。

言葉は、無力なんじゃないか。そんなことを思う。僕は父と、言葉によってわかり合おうとしていた。父に対して不平不満を並べたり、言い訳を述べたりしていた。けれどもそれらの言葉によって、僕らはどんどんすれ違っていった。言葉は感情をただ、もつれさせる。稀に瞬間的な和解をもたらすこともあるが、それはすぐさま、消えていく。

だとしたら。僕がいまやるべきことは、家族に言葉を向けることじゃない。静かに、家族を受け入れることだ。ひそやかに、現実を受け入れることだ。そしてそれをささやかに、でも確かに、姿勢で示すことだ。

まずは「ただいま」と玄関を開けること。自分の部屋を片付けること。家族と一緒に、食卓を囲むこと。家族の一員としての姿を最低限、そこに現すこと。

でも。父は僕に言った。「この家から、出ていけ」。僕のあまりの態度の悪さが、父から絞ってしまった言葉。いまさら自分のやるべきことに気がついても、もう手遅れだ。僕はもう、家族のいる場所に戻ることができない。明日の自分を示すことすら、叶わない。


トゥーンタウンを出ると、眩しい光線が目に刺さった。

エレクトリカルパレードである。

この光の行列が消え去れば、王国の一日は終わりに近づく。

そして僕は、行く場所を失う。

失意と絶望の狭間で、僕はエレクトリカルパレードの電飾をぼんやりと眺める。

永遠にこのパレードが続けばいいのに。人工的な光に包まれて、ずっとずっと、この王国に身を溶かすことができればいいのに。

そのとき、ジーンズの右ポケットが、静かに震えた。え？　なんだ、これ？　あ、そうか、携帯電話だ。もうずっと、誰からの声も届くことのなかった、僕の携帯電話。それが震えていることに驚き当惑し、おそるおそる、ポケットに手をやる。

メールが届いたことを知らせる点滅ライトが、まるでエレクトリカルパレードに呼応するかのように、光っていた。誰からだろうか。画面を開く。そこにある送信者の名前を認め、思わず息を呑む。

　父からだった。

「夕飯が用意してあるよ。早く帰っておいで」

　その一文に、胸がぐっと、詰まった。

　エレクトリカルパレードを再び眺める。なんど目をこすっても、なんど目を押さえても、エレクトリカルパレードの光が滲んでしまう。

　僕は今日、家に帰ってもいいんだ。

　僕には、帰る場所があるんだ。

　僕のことを、父はいま、待ってくれているんだ。

　そのことがむやみに嬉しかった。自分を受け入れてくれる家族がいる。それだけが、いまの僕に残された、唯一の希望だった。

　僕は、父に返信する。滲む携帯電話の画面を見つめ、一字一字、ゆっくりと打ち込んでいく。そして深呼吸をひとつして、送信ボタンを押す。

「ありがとう。いまから帰ります。ずっと、帰りたかったです」

エレクトリカルパレードが、遠くに消えていく。僕の手元の携帯電話のかすかな光だけが、そこに残される。

静かに、ひそやかに、目の前の現実を受け入れる。

明日から変われるだろうか。変われる気もするし、変われない気もする。いや、変わるしかない。僕には未来がある。僕はここから新しい明日を生きる。それを姿で、家族に示すんだ。僕はトゥモローランドを抜けて、王国の出口ゲートへと足を速める。とにかく、家に帰ろう。家族と一緒に、ご飯を食べよう。まずそこから始めようと、明日に向かって、足を速める。

「家族」って、なんて不思議な集まりなんだろう。息を切らし、駆けながら、僕は思う。互いを叱ったり、ときに憎んだりもしながら、それでも食卓を囲むことは欠かさない。互いが家族であることを忘れながら、それでもどこかでふと手をつないでいる。

台風が来ると、息をひそめるようにして、それが過ぎ去っていくのを一緒にじっと待つ。その時、それぞれが自分の胸の小さな痛みを隠し合ったり、そうかと思えば誰にも言えない秘密を囁き合ったりする。それはまるで、「魔法」のような距離。矛盾に満ちていて、日によって変質を見せ、ずっと完成されることはない。不思議な国。

この王国もまた、永遠に完成されることのない国。

ジャングルの獣、荒くれ者の海賊、空飛ぶ象にお姫様、未来のアンドロイド、亡霊、ハワイアンを歌う鳥に釣り糸を水面に浮かべる青髭の老人、そして世界はひとつであることを高らかに合唱する子どもたち。ありとあらゆる複雑な世界観がこの王国の中で共存し、明日もさらに変化していく。

互いにわかり合うことが重要なんじゃない。わかり合えない、ということを互いに認め合い、共存を続けていくこと。それが重要なんだ。僕たちは、共存できる。この王国の景色のように、僕と父は、家族の中で共存できる。孤独を持ち寄って、一緒に暮らせる。

王国の出口、立ち止まり、そこで僕はうしろを見返る。シンデレラ城が青白いライトを纏っている。

何度、ここにひとりで通っただろう。何度、この景色をひとりで眺めただろう。

「寂しくなったら、またおいで」王国が、僕にそう告げているような気がした。

帰れる場所は、いくつあってもいい。「ただいま」が言える場所は、たくさんあればあるほど、心強い。

「じゃあ、また」。一言つぶやき、ゲートを飛び出す。僕はもう、ひとりじゃない。

その時、背後で大きな音が響いた。プロムナードの地面が、赤やオレンジに染まる。周りの誰もが足を止め、空中を眺める。でも僕は振り返ることなく、舞浜駅へと走っていく。

その花火はいつまでもいつまでも鳴りやむことなく、僕の背中を見送っていた。

文庫版あとがきに代えてのささやかな注釈

読んでいただいた物語の時代背景は二〇〇五年〜二〇〇六年あたりを想定しています。したがって登場する王国の風景の中には、現在のそれとは異なっている部分が多々見受けられるかと思います。

ささやかにではありますが、本書で描かれたアトラクションの中で、大きくその姿が変わってしまったものや、現時点の様子について特に言及しておきたいものに関しては、左記に注釈で紹介します（※二〇一八年現在、個人的な視点によるものです）。

●「カリブの海賊」

二〇〇七年にリニューアル。いまでは映画「パイレーツ・オブ・カリビアン」の主人公、ジャック・スパロウが登場しています。ただ、登場回数は少なく、わずか三回。ポツリポツリと、ボートが進む先に現れます。「句読点」みたいなものとして楽しむのが正解です。

●「ジャングルクルーズ」

二〇一四年にリニューアル。名称が「ジャングルクルーズ：ワイルドライフ・エクスペディション」に変更されました。神殿のシーンでプロジェクションマッピングが現れるなどの新しい技術が導入されています。でも船長は相変わらず「おもしろくない」トークを展開していますので、ご安心を。

●「魅惑のチキルーム：スティッチ・プレゼンツ〝アロハ・エ・コモ・マイ！〟」
本書にて「二度もリニューアルを施された稀有なアトラクション」として紹介されていますが、その後は特に大きな変化もなく、鳥たちは依然としてスティッチに媚びへつらっています。

●「ミッキーマウス・レビュー」
こちらは二〇〇九年に閉鎖されました。現在、跡地は「ミッキーのフィルハーマジック」というアトラクションに姿を変えています。

●「シンデレラ城ミステリーツアー」
王国の中でも珍しいウォーキング形式のアトラクションであり、最後には景品までもらえるという、他とは一線を画すスタイルにコアなファンが多く存在していました。あと「シンデレラ城」と銘打っておいて、シンデレラが一切登場しないという不可解な潔さも最高でした。しかし、二〇〇六年に惜しくも終了。

現在は「シンデレラのフェアリーテイル・ホール」というアトラクションに姿を変えています。こちらではシンデレラの住む城内をうろうろ観察しながら歩き回れる仕様になっています。制限時間がないので、次第に「住宅展示場見学」に来ている気分になります。

●「イッツ・ア・スモールワールド」

二〇一八年にリニューアル。元の世界観はそのままに、人気のキャラクターたちが新たに加わったそうです。

●「スター・ツアーズ」

二〇一三年に「スター・ツアーズ：ザ・アドベンチャーズ・コンティニュー」にリニューアルされました。悲しいことに、あの情緒不安定のパイロットアンドロイド、キャプテンレックスはもうフライト中に登場しません。しかし、待ち列の途中で彼らしきアンドロイドの姿が確認できます。下部には「欠落あり」のシールが貼られています。「左遷……」と思わずにはいられない光景です。

●「ストームライダー」

巨大な台風の目の中に飛び込んでいくエキサイティングなアトラクションで、人気も高かったのですが、二〇一六年に運営終了となりました。

以上、ささやかな注釈でした。

最後になりましたが、本書の制作に関わってくださったすべての方と、本書を手に取ってくださった読者の方に、最大の謝辞を。ありがとうございました。

ワクサカソウヘイ

解説

品田遊

書くべき原稿を書かず、僕はかかとをさわっていた。

部屋の隅にゲラの分厚い束が置いてある。来週までにあれを読み通し「解説」を書かなければならない。

にもかかわらず僕は足を上げ、己のかかとを見つめたりつついたりしながら「このへんだけ妙に硬いのはなぜだろう」などとつぶやいている。

本書の著者、ワクサカソウヘイさんに「以前出した本が文庫本になるから、巻末の解説を書いてくれないか」と新宿の喫茶店で持ちかけられたのが先月。「巻末解説」という言葉のカルチャー感、ひとかどの人物感、いとうせいこう感に心奪われてしまった僕は、二つ返事で快諾した。「解説」はおいしい。ゼロから考えるのではなく、人の書いた文章にあれこれ言うだけでよいし、巻末に載っているから読者の印象には妙によく残る。よく考えればなぜ最後の最後で知らない奴の文章を読まされるのか謎だが、とにかく文字書きにとって巻末解説はゲームのボーナスステージのようなものなのだ。

しかし、いざ解説文に向き合ってみて難しさに慄然《りつぜん》とした。この本についていったい何を解説せよと言うのか。本書で、父の問いかけに著者はこう答えている。

「お前、誰か尊敬している人とかいるのか？」
「そうだな、スーパーマリオかな。理由は、高く跳べるから」

いや、ないだろ。こんな本に解説することなんて何も。するだけ野暮というものだ。うわー、参ったな。ボーナスステージかと思ったらハードモードだった。解説解説解説……何度も「解説」とワープロソフトに書きなぐるうちに「解脱」に見えてきた。いつのまにかプチ解脱していた僕は、かかとを眺めながら「かかとみたいな質感のマットレスで寝たら、常に踏まれているみたいで落ち着かないだろうな」と、どうでもいいことを考えていた。原稿を書かなければならないというのに。苦しい。つらい。愚痴りたい。

だがそんな苦しみを人に話すと笑われる。面白がられるよう話しているから当たり前なのだが、個人的な苦痛を人に伝えるため工夫して話しているうちに、本来の苦しみが抜け落ちてしまうことが多い。こういう態度を「ヘラヘラしている」という。この世には上昇志向に溢《あふ》れ何の苦もなく社会に適応して愛犬のモカ（ミックス犬）に服を着せて暮らす人がいる一方で、常に「生きづらさ」を抱えあらゆる種類の飲み会を呪いながら部屋の隅で Cocco を聴いている人がいる。そして、そのどちらの生き方にもハマりきれない、なんとなくヘラヘラした者たちがいるのだ。

ワクサカさんはヘラヘラした人である。僕より十も年上だが、「ちょっとそこのリモコンとって」とためらいなく言えるオーラが漂っている。

その彼が書いた本書もまた、ヘラヘラしている。一行ごとに豊かな比喩表現が展開される。隅々まで油断も隙もなくヘラヘラしている変な本だ。比喩の量だけでいえば村上春樹五冊分くらいの価値があるだろう。読者はゲラゲラ笑いつつ表現に圧倒され、そして描かれた出来事の深刻さはいつしか忘れられる。

本編には登場しなかったが、かの「王国」には「ロジャーラビットのカートゥーンスピン」というアトラクションがある。僕は「王国」の名を聞いたらまずこれを思い出すくらい思い入れがある。黄色いタクシーに搭乗すると、めくるめくコミカルなカートゥーン世界が眼前に広がる。だが描かれるのは悪夢的暴力の連続だ。爆発・電流・頭上に吊り下がる象……マンガ的にデフォルメされた悪意が楽しげな音楽に乗せて客を襲う。彼らはマンガ世界の住人だから、笑いながら平気でとんでもないことをしてくるのだ。

子どものころ、このアトラクションが無性に怖かった。コミカルな彼らとリアルな僕たちの間には無限の隔たりが存在するように感じられ、そのギャップと理解可能性のなさにゾッとした。どこまでいってもトゥーンタウンの住人はトゥーン（マンガ）なのである。彼らには内面というものがなく、リアルな孤独や不安や死を知らない。

しかし、いつしか、僕自身がそのトゥーンタウンの住人になってしまっていた。喜んだり悲しんだり苦しんだりする感情をナマのまま表明することのできない、ヘラヘラした大人になっていた。一度トゥーンタウンの住人になってしまったら、もう着ぐるみを脱ぐことはできない。いま手にした「これ」をどう加工してみんなに見せようか？　というところからしか、心に淀む思いを取り扱うことのできない人々がいるのだ。

ヘラヘラした人たちは、だから何を表現するにも面白くコミカルにしがちだ。生粋のエンターテイナーといえば聞こえはいいが、そうするしか世界とつながる方法を知らないのだ。僕は、そんなトゥーンタウンの住人だけが到達することのできる領域があると思っている。

それこそ、貯金を使い果たすほどに遊園地に入り浸り、警察官に職質され、スカウトマンに叱られて、実家を親父に追い出されるような、そんなニヤけた人にしかわからないことがあると思う。

本書を青春のモラトリアムと鬱屈を描いた純文学として読むのは間違いだ。それにしては面白すぎる。しかし、僕はこれをただの自伝的おもしろ小説として読むこともできない。やろうと思えばいくらでも同情を誘える深刻さで描けたであろう、孤独と逃避の日々。それをここまでしょうもなく表現してしまう語り口には、そうせざるを得ない著者の生き方がにじみ出ている。僕は勝手にそう感じ取り、勝手に共鳴している。

僕にとってこの本は、追い詰められてうっかり夢の王国に足を運んでしまったり、足の裏を見てしまったり、ロイヤルホストで無意味に一番高い肉を食べてしまったりする、いつもヘラヘラしていて何をするにもちょっと不自然な、そんなトゥーンタウンの住人たちへ向けられたラブレターなのだ。

——文筆家

この作品は二〇一四年四月イースト・プレスより
刊行されたものを、大幅に加筆修正しました。

今日《きょう》もひとり、ディズニーランドで

ワクサカソウヘイ

平成30年8月5日　初版発行

発行人――石原正康
編集人――袖山満一子
発行所――株式会社幻冬舎
〒151-0051東京都渋谷区千駄ヶ谷4-9-7
電話　03(5411)6222(営業)
03(5411)6211(編集)
振替00120-8-767643
印刷・製本―中央精版印刷株式会社
装丁者――高橋雅之

幻冬舎文庫

ISBN978-4-344-42779-2　C0193　わ-14-1

幻冬舎ホームページアドレス　http://www.gentosha.co.jp/
この本に関するご意見・ご感想をメールでお寄せいただく場合は、
comment@gentosha.co.jpまで。